二度目の迷子

野々宮雨音

目次

一　歯車

両足を掴まれた。

夢……？　で、あるはずはない。しっかりと足首に感じた指の力と手のひらの厚い重み。先ほどから見ていた夢の続きとは、確かに違う。暗い静かな部屋。眠い中、目を開けるかどうか迷いながらも、真上にある照明装置をおもむろに見上げようとした、その瞬間だった。ザッ！　と、足元で人影のようなものが動き、一瞬で上布団が捲《まく》り上げられ、深く上半身が閉じ込められた。これは夢ではなく、現実。私の体には、得体のしれない重い塊がズッシリと圧し掛かっている。

「いやっ……！」

出来る限りの抵抗をしようと体をじたばた動かしたが、肩や太ももが暴れる程度で全く身動きが取れない。

「しっ、静かにしろ……！」

聞いたこともない中年男性の声だった。

「いや……！　離して！」

驚きと、恐怖で、心臓から脳までが一気に吹き飛ぶように膨らむ。

「だ、誰か助けて！」という、言葉を大声で叫ぼうと腕に力を入れたのも束の間、その男は布団の上から私の顔や首を掴んで、押し込むように口を塞ぎ、低く乱暴な荒い声で続けて言った。

「静かにしないと殺すぞ！　わかったか」

苦しくて、どうにかなりそうだった私は必死で首を縦に振り、体の力を一瞬で抜く。

「大丈夫だ、すぐ済むから。静かにしてろ！」

私にかぶさっていた男は、こなれたように馬乗りになり、落ち着きを取り戻している様子だった。上布団の中の微かな空洞で、私は訳が分からず必死に吸えるだけの酸素を繰り返し取り入れている。何がどうなっているのか頭で整理できない。強く見開いている両眼が血走っていく痛みを奥に感じながらも、身の毛がよだつ音が微かに響き始めた。

――まさか、やめて……！

この先起こっていくことが、男がベルトを緩める静かな金属音とともに、容易に想像できてしまう。眼球や喉、胸が張り裂けそうで呼吸できない。焦熱の緊張が脈拍とともにひたすら走り続けている。

「いや……！　お願いだからやめて……」

か細い声は、どこにも届かない。上布団が全て奪い取られ、いびつな形のまま横たわっていた私の体は暗闇の中で剥き出しとなった。荒い鼻息のまま近づいてくる例えようのない悪臭に、ゾッと体中が凍り付く。そして、その男は指を震わせながらも、決まった順序をこなすように、私の上着ボタンをゆっくりとはずしていったのだった。


「おはよう！　朱美。今日も暑いねー」

「おはよう由花」

「あれ？　今日元気ないじゃん。あんま寝てないんじゃない？　何時まで起きてたの？」

「はは。動画見てたらつい遅くなってさ」

「そっか、毎日だと肌荒れの原因になるから気をつけなよ」

「ありがと」

「テストもう終わったことだし、気楽だわ。あとは終業式が終われば、待ちに待った夏休みだよ。本当に楽しみー」

今日、何事もなかったように学校に来た。

学校にいかない理由など何もなかった。

母親が朝から長風呂に入っている私に不思議がって声をかけてきたが、私は美容とダイエットの為と言い、いつも通りの口調で軽く突っぱねてさっさと制服に着替えて家を出てきた。寸断される記憶。静まり返っていた青い夜明け前。私はカーテンの隙間から漏れる微かな明るさを頼りに、散乱した周りの光景を虚ろに見つめていた。涙がこぼれてこない。何故か、涙が全くこぼれてこなかった。

意識が混濁し、歯がしびれ浮くように気が遠くなっていく感覚。知らぬ間に頭が小刻みに揺れていて、瞬きや呼吸さえ忘れてしまっている。意識が朦朧《もうろう》としたまま、暗闇に身を任せていたら、もう二度と今までの自分に戻れないのではないかと思った。わずかな正気を頼りにし、這いつくばって何とか起き上がろうとするも、震えたままの腕や手足は、なかなか言うことを聞いてくれない。それでも気づかれてはダメだと、アタフタと体が動き出し、部屋の消臭ミストスプレーをこぼすくらいに使い切った。

散らかっている布団を元通りに畳み、下のパジャマを拾って、脱いだ上着と一緒に布団の隙間に詰め隠す。ブラジャーをビニール袋に入れ、他に何も残っていないか辺りを探しまわって見る。布団の隙間にはパジャマ、空のボトル、ビニール袋、それらは部屋の机下の隅にしっかりと隠してあった。

「あぁ、体育の授業疲れる。暑いし、脱水症状になっちゃうよ～。朱美、大丈夫？　めずらしいよね。体育の授業休むなんて。あっ、でも確かに朝から体調悪そうだったもんね」

走り寄ってきて、体育を見学している私の横でしゃがみ込む由花。

「心配してくれてありがとう。由花、先生が呼んでるよ」

「本当だ、じゃあ後でね！　あと少しで昼休みだ。お腹空いたし、頑張ろっと」

私は、ポニーテールを揺らして走る由花に精一杯の笑顔を送っていた。外の気温は七月上旬でも猛暑日に近い。

汗ばむ肌に不快感が増し、今朝浴び続けていたシャワーの記憶を思い出す。

ひたすら頭上から普段より熱めのシャワーを浴びていた。軽く口をあけながら水音を聞き届けて目を閉じる。シャワーで口を濯ぎ続けていたせいか、それとも自分のものと違う臭いがするせいか、お気に入りのボディーソープのフローラルの香りはいつものように匂わなかった。それに、どれほどの量のボディーソープを使い、擦り洗っただろう。何回も何回も流したはずなのに、ぬるい異臭が体中にこびりついていてなかなかとれない。濡れた首に纏わりつく自分の長い髪が恐ろしくて、体が委縮してしまうほどの身震いが出る。溢れ続ける浴槽に入り、熱湯消毒するように浸かり続けていると、心臓がドクドクと悲鳴を上げていた。

体のＳＯＳはこうやって分かるのに、心のＳＯＳは自分でも、もちろん誰にも分からないのかもしれない。シャワーヘッドを掴んで小刻みに震える両手を不思議に思い、自分の両腿の間を見下ろす。体の一部分からいきなり起こった、あの脳まで突き上げる激しい痛みは、衝撃と吐き気のショックの方が勝り、殺されないかの恐怖によって今でもねじ伏せられていた。

「今日からダイエットだから私」

「えっ？　また、一週間続くか？　ほら〜、これ美味しいよ？　朱美の大好きなプリン」

「本当に何も食べないいんだから大丈夫！」

「へぇ、いつもなら食べちゃうのに。今度は本気じゃん。っていうか、体調悪いんだから少しでも何か食べないと」

「大丈夫、平気だってば」

親友の由花はいつも通りであった。ボリュームのある長い髪を丁寧にかき上げながら携帯を片手に、細い足を組んでいる。ナチュラルメイクは手慣れたもので、なかなかの年季さえ感じさせるほど。笑ってもいないのに微かに見える八重歯は口角を上げて見せ、ぽってりとした下唇はピンク色で可愛らしい。

そんな由花のことは中学生の時から知っていて、高校に入学してから初めて同じクラスになったことがきっかけとなり、意気投合した。入学当初は目立たない、至って見た目も普通の、大人しい女子高生であった由花。だが、二年生になるかならないかの季節の変わり目の頃には、見た目も性格も華やかさが変わり、今や黒髪のロングヘアーで、いわゆる十人並みの顔をしている地味な私とでは、見る雑誌や、聞く歌の好みさえ全く一致しなくなっていた。最近、とくに新しい彼氏ができたこともあり、携帯電話を見る表情も一段と輝いて見え、一言一言発する声色も妙に大人びて伝わってくる。

「由花いいな、彼氏できたし。幸せそう」

「え～、そんなことないよ。フフ、朱美かわいいんだから、すぐ彼氏なんてできるって！」

私がしばらくまともな返答をしなくても、由花は携帯電話を操作しながらいつもと同じようにしゃべり続けていた。絶えず笑顔を見せる由花。そうだ。私も本当は、昨日までは、こうやって由花と笑って、いつも通りのはずだったのだ。由花の姿をこんなにシラケた目で、恨めしく見つめていたことはなかっただろう。同じ制服を着て、同じ椅子に座っているはずなのに、由花だけが今を楽しんで、伸び伸びとしている。

私は、もう浮いている存在なのだろうか。

「――ねえ、だからさ、私康太にティファニーのブレスレット欲しいって言ったの。って、あれっ、朱美？　やっぱり朱美、今の話聞いてなかったでしょ！」

「ごめん。つい、ボーっとしちゃって。はは」

本当は、頭を抱え、後悔せずにはいられなかった。あの男は、ことを終えてからも一切急いだ風もなく順番に私の前で衣服を整えていた。横に脱いでおいた靴らしきものを粗雑に胸にしまい込み、無言でベランダの囲いから壁をつたって、ほとんど音も立てずに去っていったのである。暗闇になれた私の目に間違いはなかっただろう。あの男は、ガラス戸に手をかけて一瞬こちらを振り返り、手に丸めた下着を右のポケットにしまい込んで、フッと笑って消えていったのだ。衣服もめちゃくちゃで半裸になったまま、ぐったりとうな垂れていた私は、今も全く同じ表情をしているのかもしれない。私は、何もできなかったのか？　あの時、私は全て諦めて、抵抗せず言いなりになって許すべきだったのだろうか？もっと、ちゃんと抵抗できていたら、守れたのかもしれない……。

家族は三人家族だった。母親と、姉と、私の三人。父親は酒癖が悪く、私が二歳になるかならないかの頃に家を出て行ったらしい。なので、顔は覚えていない。ずっと母親に対して反抗的だった姉は高校を卒業してすぐに社会人となり、去年の三月に自分で貯めたお金で、さっさと家を出ていった。この小さなアパートの二階の二〇三号室が、小さい頃から私の家。高校は家から一番近い公立高校に通い、部活は入らずバイトに明け暮れる日々を送っている。今は母親と二人だけの、その日暮らしのような生活。ただ、豊かな家庭とは程遠くても、それなりに助け合い、平穏無事な毎日を過ごしていた、そんなはずだった。

確かにその日、玄関の鍵はいつものようにかけられていた。だが、昨晩、洗濯物を頼まれて干した後、あろうことかガラス戸の鍵をうっかりかけ忘れてしまっていたのだ。私の一人部屋は南向きの方でベランダに接しており、母親の部屋は、廊下の扉を開け、もう一つ進んで奥の北側の部屋。母親はお酒で酔って寝ているし、廊下と扉を挟んでいるので、きっと小さな物音がしても気づきにくいだろう。運悪く、その日ベランダには数枚のバスタオルや衣服もまとめて壁のように干されていたので、恐らくあの男も安心して姿を隠せたに違いない。通報も怖いし、母親には絶対言えない。これは、自分自身の隙が招いたこと。私が悪いのはわかっている。それに、命は助かったのだし、母親の朝の様子を見るに、被害はなかったのだから、とりあえず安心するしかないのだ。私さえ黙っていれば、私さえ一生懸命そのことを忘れてしまえば、きっと後は大丈夫なのだから。

「朱美、一緒に帰ろう。今日バイトないんだ。駅に寄ってかない？」

「うん、いいよ。一緒に帰ろっか」

授業中も常にあの男の荒い息が近くにあった。繰り返し起こる耐えがたい痛みや音の残響が私の身体を支配し、脳内に何度も、何度も、入り込んでくる。

煙草やお酒が、内臓や粘膜にまで滲みついている黒い悪臭。尋常ではない多量の汗がポタポタと垂れ、私の皮膚にしみこんでいく。

呼吸、熱、激しい痛み、恐怖の繰り返しで正常な意識はごっそり取り壊されていった。顔を必死によけても、無精ひげが時折頬を刺し、食いしばる歯の隙間から乱暴な舌が、何度も無理矢理入り込んでくる。抵抗しても意味はなく、悍ましい舌は自由に唾液を垂らしながら体を這い回っていた。

再び首が絞められたように感じた瞬間、私は苦しくなって由花を待たずにトイレに駆け込んだ。何も食べていないので、大量の唾液だけが便器に流れ落ちていく。涙目になるくらい自分の吐く息が異様で気持ち悪い。助けてほしくて足が震えていても、もちろん誰もいない。

「お〜い？　朱美、トイレにいるの〜？」

「だ、大丈夫……。いるよ！　待ってて」

家に帰っても、母親はスーパーマーケットのパートタイム勤務なのでいつも通り不在だった。由花には悪いが、今日は用事を思い出したと言って、明るいうちに帰宅することにした。携帯電話で会話をするふりをし、周りを見渡しながら小走りになって家の階段を上っていく。誰もいない通路を確認してから急いで玄関の扉を開け、ガチャっと音を確かめるようにして鍵をかけた。

「鍵は良し」

まだ外はぼんやりと明るいが、いつもと違う部屋の静けさに息をグッとのむ。恐る恐る狭い台所を過ぎ、自分の部屋の襖をスーッとリビング側から開けると、そこには何もなく、もちろん誰かがいた気配などはなかった。

私はまだ安心しきれず溜息を短く切り、先ほど由花と寄って買ってきた消臭ミストスプレーの詰め替え用を開け、急いでボトルに入れた。布団とパジャマを丸めて一斉に洗濯機の中に放り込む。浴室に向かい、カラになりかけていた長年愛用しているボディーソープのボトルを勢いよくゴミ箱に放り投げ、白い袋とともに葬り去った。今度は、全く新しい石鹸系のボディーソープにした。最近買ったばかりのボディータオルも違うタイプのものに買い替え、使っていた方は、指でつまんで捨ててしまった。

「これで、良し……」と、リビングの固い椅子にクッションを重ねて座り、携帯電話を開いて婦人科系の症状をネットで調べ始める。由花がいる手前、検査薬を買うことはできなかったが、実際インターネットで調べてみたら、どうも二、三週間くらい経たなければ結果ははっきりと分からないという事なので、買わなくてもまだ良かったようだ。目の前に置いてあるテーブルの上のリモコンを手に取って、いつもなら見ないテレビの電源をつける。どれも見たいものはないが、気が済むまで音量ボタンのプラスを押し続けて大音量にしていく。左足首の貧乏ゆすりが足マッサージ機に入ったように震え出し、なかなかいうことを聞かず止まらない。

――トゥルルル……、トゥルルルル、

「はいっ、もしもし？」

「あっ、お母さん？　もう仕事終わったの？」

「あら、珍しいわね。こんな時間に電話してくるなんて。もう仕事は終わったけど、これからお母さん買い物に行って、ご飯の支度をして――」

「もう家にいるから帰ってきて。じゃあね！」

「えっ？　ちょ、ちょっと！　待って朱美、今日バイトは？」

「今日は元々休み。とにかく早く帰ってきて。だいたい私、今日からダイエットしてるんだからご飯食べないからね。他のスーパーなんて寄らなくていいから早く帰ってきて！」

「何言ってるのよ、朱美。しっかりご飯は食べなきゃ――」

他にも何か言いたげな口調で母親はしゃべっていたが、急いで電話を切った。

――トゥルルル、

「はいっ、もしもし。どうしたん？」

「あっ、由花？　今どこにいるの？」

「え〜っ、さっき朱美と別れてから、まだ駅にいるよ。何で？」

「私も今から駅に行く！　いつもの改札口付近で待ち合わせしよう？　多分三十分くらいで行けると思うから待っってて！」

「えっ？　わかった〜。じゃあ、待ってる」

私は、布団を干すのを母親に伝え、任せてしまい、あっという間に家を飛び出して駅に向かった。

改札口の向こうでは、由花が携帯電話を触りながら下を向いて待っていた。私はその姿を見て安堵し、急いで由花の方まで走り寄っていく。

「ごめん、お待たせ。用事早く済んだからさ。由花まだ遊べるかなって思って電話したんよ」

「うん、今日バイトもないし、どっちみち康太も部活だからさ〜」

「とりあえずアックでも行こっか」

たわいもない話が歩いている間中続く。

一安心する中、お店に着いてやっと席に座っても、由花は一人自分の彼氏の康太の話や、最近買い替えたリップクリームの話、そしてまた自分のしたい話ばかり続けていた。私はストローを触ったり、時々少量吸ったりして由花の話を黙って聞いている。

　あいかわらずアックのポテトは臭くて嫌いだなと思った。由花がポテトとてりやきバーガーが大好きだから付き合いで来て、一本、一本つまんで食べる時もあるけれど、今日はすすめられないから手を付けなくて済む。見慣れた壁掛け時計の針、白い壁紙や複数の四角いテーブル、来店する人の姿、座っている人の姿、トレーに散らばるフライドポテトの長短、その列と、線と線、角と角、空間にある異物を繋げて眺めていると、身体が傾きかけて目まいがした。目の前で話し続ける由花の顔も、いつの間にか風船みたいに膨れ上がっている。マスカラが塗られた長い束のまつげは、目を伏せる度ファサファサと扇子のように動き、左に引き攣れ上がって巨大化した唇はこの世のものとは思えないほど分厚く醜い。私は自分の目を疑った。錯覚か。辺りの光景が由花の姿とともに溶け込んで、白や茶色、黒色が交差し合う幾何学模様に見えてくる。私は、あちこち移動する由花の口を目で追いながら、「今日由花ん家泊まってってもいいかな？」とポツリと聞いた。

「えっ、別にいいけど。どうしたの？　急に」

　デートの行き先について夢中で話をしていた由花の顔はしぼんでいって、パッと元通りのかたちに戻っていた。

「朱美、お風呂入ってね」

「ありがと、じゃあお先に」

由花の家には、何度か泊まりに来たことがあった。私の家とは違い、白い綺麗な一軒家で、玄関から広い廊下を渡って部屋に入るまでの風通しも良く、いつも新品のプラスチックやビニールみたいな匂いがする。高校二年生にもなったので、由花のライフスタイルにもあまり口を出さないのであろう。私がお邪魔しますと夜遅くに上がろうとしていても、前のように由花のお母さんは玄関まで挨拶に来なくなっていた。階段を上がっていくと、同じように二階の角が由花の一人部屋になっている。隣の部屋には四つくらい年の離れた妹がいるらしく、いつも部屋から出てこず静かに過ごしているようだった。

広い脱衣所で着替えていって、まずナプキンの白いシートに楕円の鮮血が滲み込まれていないか確認する。だが、今日は真っ白で何もついていなかった。自分の家とは違う明るいLED照明付きの、大きな洗面台の鏡の前に立ち、じっと裸を見つめる。

昨日何があったかなんて、もちろんどこにも書いていないし、私の背中にも、インターネットのどこかの掲示板にも、噂も真実も貼られていない。自分の体。いつもの体。どこか汚らしい肌色の薄暗さがある。ガサついた二の腕を何度もさすり、自分の顔の表情や、お椀が二つ並んだような乳房をまっすぐ見つめ続ける。だが、あやしいくらい何の反応も変化もない。先程の歪んだ空間も現れない。

生気のない眼差のまま、私はこうやって穢れた裸で呼吸をして、誰に知られるもなく、そして誰に話すもなく、やはり何もなかったかのように生きてしまっているのだ。

陰鬱な影をそぎ落とすように顔を洗い、恐る恐る眩しい鏡に向かって首を伸ばし覗き込むと、口を塞がれた時に布団か上着でできた圧迫のような跡が、薄っすらと筋状に残っていた。押さえると、微かに熱をもっていると違和感は覚えていたが、やはり爪のひっかき傷の跡にも見える一筋のあざはしっかり残っている。私は眉間に深い溝を作り、鏡を睨んだ。毛穴の汚れがブツブツ目立って表情まで曇る。整えて少し薄くなった眉毛が目つきを余計と悪くする。気に入らない。自分の顔が気に入らない。穢れてないふりをしているこの汚らしい正面顔が気に入らない。私は歪んでくる自分の顔が怖くて鏡から目をそらした。スルリと両手を下ろし、未だに生理のこない腹の方に手をかざして頭を落とす。何度洗っても消えないし、鈍い痛みが股間から内臓まで伝ってきて嫌でも記憶をよみがえらせる。あの男は私にかぶさったまま、グッと息が止まったと同時に動きを止め、静かになったのだ。荒い息の残りを吐き切り、重い上体を剥がして暫く足を開いたまま膝立ちしている。

私の姿を有意義に見下ろしてほくそ笑んでいたのだ。その意識に引き戻された瞬間、体中の毛穴から虫が噴き出てくる感覚に陥り、洗面器に顔を突っ込んだまま激しく錯乱した。

においなんて感じたくない。人に触れたくもない。重い鎖が体中をどんどん締め上げ、力が奪われていき、ついにその場で膝を抱えストンとうずくまってしまった。ゆっくり大きく一周、白い世界が回ったような感じが続く。地べたを支えている小さく並んだ五本の足指を見つめ、身動きが取れない苦痛にじっと震えながら耐えていた。

お風呂を出て部屋に戻ると、由花が待っていましたとばかりに携帯電話をもって近寄ってきた。私はなかなか由花の話の内容が入ってこず、ぎこちない表情を隠しながらも頷くだけでいた。

「――それでね、朱美のことを康太に言ったの。そうしたら自分の友達に朱美を紹介したいって言ってきてるんだ。どう、よくない？　今、もう康太に返信するところなんだけど」

いつもの私なら、きっと待ち望んでいた出会いで大はしゃぎしていたかもしれないが、今日は違った。二、三秒長かった沈黙に気づいた由花は、「朱美が嫌ならいいよ。断るから。彼氏とか、今いらないらしいって言うだけだからさ」と言った。明らかに、携帯画面を見つめながら、残念そうな表情をする由花。

「……どうしよ、どんな人なのかな……」

「えっ！　えっとね、私も何回か会ったことあるんだけど、イイ奴だし、朱美とお似合いだと思うの！　絶対いいって。明日ね、二人とも部活が午前中までらしいからお昼くらいに会わないかって話になってるんだ。向こうも制服だし、朱美も制服でしょ？　私も制服着てくから、バッチリじゃん？」

　私の曖昧な反応さえあれば、きっと決行だったに違いない流れだった。

「急に会うなんて、むちゃくちゃドキドキするよ、どうしよう。心の準備ができてないな」

「大丈夫だって！」

　いつも以上に由花が積極的だ。話の流れを聞くに、もし私とその相手がイイ感じになったとしたら、もうすぐそこまで来ている夏休みに四人で海へ行きたいらしい。由花のワクワクして話す笑顔を見ていたら、私の断る理由など薄く消えてしまっていた。

「いいよ。本当に急だけど、今日由花ん家にこうやって泊まりに来てる私も急だしね」

「あははは、朱美のそういうところ好き」

　今夜は安心できる布団の中に入れた。由花から借りた小さめの部屋着を着て寝ころび、夜遅くまで喋って過ごせることで気持ちがやっと緩む。


「おはよう由花」

「んん……、おはよ。朱美もう起きてたんだ」

「ううん、今起きた。由花、もう十一時だよ」

「ええ、もうそんな時間？　わっ、ヤバい」

二人で洗面台を交互に使い、部屋に戻って支度をする。

由花は収納付きの可愛いドレッサーの前に座り、いつもより真剣な顔で鏡に向かっていた。一日の表情を決める重要なアイブロウの形を整えながらモードを切り替えている。

ピアスだけでも数十個も所有しているだろう由花はメイクを済ますと、五段の引き出しと両サイドに開きまである、重厚感漂う黒いジュエリーＢＯＸの鍵を小さな手で音もたてずにそっと開け、リボンピアスを片方ずつ両手で確かめながら付けている。

私はそんな由花を手鏡から見つめ、丸い背中を向けて気づかれないように首元のあざにファンデーションを押し当てゴシゴシ厚塗りしていく。

「朱美って、たしか、大人しい人が好みって言ってたよねぇ。私は、絶対無理だなー。いっぱい自分から話してくれたり、私の話も優しく聞いてくれる人じゃなきゃ嫌だもん。じゃなきゃ、何考えてるか分からないじゃん？」

うるおいタイプのリップクリームを何往復も塗っていた由花は、鏡の自分に向かって上目遣いで話しはじめる。

コテやスタイリング剤で豪華に巻き髪を仕上げ、満足げに顔を傾けている由花。制服を着ていなければ、とても同じ十七歳には見えないほど垢抜けたセンスをしている。プルプルとしてテカり、ほんのりピンク色した唇はハートキャンディーみたいだ。

「これでどう？　朱美、変じゃない？」

「イイ感じだよ。由花の髪の毛っていいよね。量も多いしフワフワで」

「ええ、朱美の黒髪だってストレートで綺麗だよ。私そんなにツヤツヤじゃないし。っていうか、朱美も何か違うピアス買ったらどう？　いつも同じゴールドのピアスじゃん。もっと可愛いやつ付けてみたら。ハートとか、クローバーとかいいんじゃない？」

「うん……」

　由花が立ち上がって私の横顔にフワッと近づいてきた。由花の髪の毛は、今年の春休み中にカラーリングをしたことで、前より少し茶色っぽくなって痛んでいた。そのせいで、何度も先生に目をつけられていることは知っている。そして、時折だいぶ年上のお姉さんになったような口調で、こうやって私の髪の毛を見つめて触り、自分の好みをさりげなく押し付けてくるのだ。多分、こういう世話したがりの性格や、常に自分が一番かわいいというマセた雰囲気が女子からは嫌われ、そして男子にはそれが違って映り、ウケるのだろう。

「あっ、もう時間やばい。朱美、もう行ける？　準備できた？」

「うん」

階段や廊下あたりで音を立てても、由花のお母さんは出てこなかった。そのかわり一階のリビングの扉の向こうから、聞きなれない、まるでマイク付きの、豚の寝息みたいな声音が低く響いて聞こえてくる。

「リビングで寝てるのかな。由花のお父さん」

「そうなんじゃない。いっつも、週末は酔っぱらって、帰って来るんだから。ソファーじゃなくて寝室で寝りゃいいのにさ」

由花はリビングの扉を睨み、吐き捨てるように言ってツンと鼻を上げた。

そういえば一年生の始めの頃から由花は、自分の親や家のことを、あまり話したがらなかった。気まずい雰囲気の中、そもそも由花だけじゃなくて私も普段から自分の家の話は全く話題にしないことを思い出し、もうこれ以上は話さないでおこうと大人しく踵を靴にしまい込んだ。

「康太〜！　お待たせ」

少し離れた所から由香が嬉しそうに手を振った。由香の姿に気づき、一人でこちらに向かって歩いてくる康太は、サッカー部ということもあって焦げ茶色に肌が焼けていた。私立の高そうな制服を流行りの風に着崩し、丸い盤面がキラッキラッと輝いて反射する程大きい腕時計をしている。

由香が見せてきた画像だけで実際初対面ではあったが、陽な雰囲気で、見本を張り付けたような笑顔の康太は、やはり由香の好み通りチャラい容姿であった。

由花の彼氏は、今回の康太で私が知る限り五人目。彼氏ができると熱が一気に上がっていき、絶頂をついに迎えたと思ったら、急にスルスルと冷めていく。長く持っても最高三か月。そんな短くて激しい付き合い方が由花の好みなのだろう。一番ひどかったのは二番目の彼氏で、束縛をし合いながら、お互い愛を深く確かめていたわりに、実は彼氏の方が何人もの女子と付き合っていた、なんてことだった。いつも由花は彼氏ができると、私との約束があっても、「彼氏と会うからまた今度」か、「今彼氏といるからゴメン無理」ばかり言う。付き合いがパタッと悪くなる。それなのに、急に夜、無理矢理電話で呼び出され、どうしたかと思って出ていくと、決まって別れた後の儀式、一日だけすべての終わりかのように嘆き、私の目の前で大泣きするのだ。周りが見えなくなるほど熱い恋をする由花。それを羨ましく見届けていた平凡な私。

そんな私には、由花も知っている通り、未だ彼氏がいたことがない。過去に好きになった人もいたにはいたが、どれも叶わぬ貧弱な片思いばかりだった。それが、今から由花の紹介で一度も会ったことのない男子と話さなくていけないのだから、不安ばかりで頭を悩ますのは当たり前だと思いたい。

「こちらが、親友の朱美。これが康太よ」

由花が面白がって康太をコレ呼ばわりした。

「よろしく、朱美ちゃん。由花と違って清楚な感じで可愛いね！　それに、やっぱり由花はちっちゃいな〜。ははは」

彼女以外にお世辞でも可愛いなんて言う節操のないラフさが、一瞬で苦手意識を生んだ。

「部活お疲れ様、康太。もう何か食べたの？」

由花は、グイッと康太の胸の方に近づいていき、まるで新婚夫婦の奥様でもあるかのように、甘い声を出している。

「マジで、疲れたよ。もちろん由花たちが来るまで飲み物だけで待ってたんだぜ。みんなで早く食べよう」

由花と康太の息はぴったり。向き合う二人は腕を組んで引っ付き合い、さっきまで由花と一緒にいた私は単なる二人の付き添い人となった。でも由花が嬉しそうで何よりだった。

「あっ、あいつ、まだ座ったまんまだ！　待ってるから行こうか！」

どうやら、そのアイツが座って一人で待っているらしい。意識してあまり見ないようにしていたテーブルの方に、二人が早歩きで向かっていく。どんどん近づくにつれて、その人はスッと立ち上がり、こちらを食い入るように見つめている。

「初めまして、朱美ちゃんだっけ」

いきなり下の名前。しかも、こちらが不快に警戒を強める程、じろじろと勝手に身体チェックをしている。

「は、はい。はじめまして」

おおよそ上目で見回した相手の姿は、想像とは違っていた。自分の反応を見られたくなくて、すぐに慌てて顔を伏せてしまう。どうしたらいいのか。髪型も声も軽そうだし、普段なら目も合わせたくないくらい、苦手なタイプ。でも、せっかく由花が紹介してくれた気持ちを考えると、ここは何とかやり過ごさないといけない。苦い表情を隠しながら再び顔を上げると、いきなりヤバい、真っすぐ目が合った。短髪の黒髪は爽やかで、身長は私より低いか、ギリギリ同じくらい。康太と同じサッカー部なので、日焼けした茶褐色の肌をしていたが、ニキビを少し気にしているらしく、指先でアゴを触る癖があった。どちらかというと、全く好みではない。だが、良いところを見ようとすれば、そういえばやさしそうな顔をしている気がした。

「おかえり」

「ただいま。あれ？　朱美早いじゃない。昨日は急に由花ちゃんの家に泊めてもらったりして、迷惑かけたんじゃない？　お母さん何か由花ちゃんのお母さんにお礼した方が――」

「大丈夫。いいって」

「そう？　それならいいんだけど」

　最初から何もするつもりがないのに、気だけ回したつもりでそう言う母親。大きなエコバッグを二つ手にぶら下げてパートから帰ってきた母親は、いつもの帰宅時間よりも少し遅かった。ズボン丈があっておらず、微かに踝が見えているいつもの安物のジーンズに、最近買って自慢していた五百円のフード付きの大きめパーカー。いつ流行ったのか分からない時代を感じさせる派手な紅色の口紅は一日中落ちにくくて気に入っているようで、毎日欠かさず十年以上は塗り続けている。スキンケアが適当なせいか、ファンデーションを塗らないせいか、それとも年齢のせいなのだろうか。焼けた素肌が妙に年老いて見え、下にたるんだ毛穴の開きがゴツゴツとしたミカンの皮の表面のように目立っている。それでも、勢いのある黄ばんだ白目のギロッとした目つきは、同じ家族でも私の目とは全く似ていなくて、羨ましいくらいのハッキリした二重瞼だった。そんな母親と言葉を交わす度に、私は昨日からいつも以上にイライラしていた。

「朱美、何かあったの？」

母親の見透かしたような軽い口調に、一瞬ビクッとなり、返す言葉に戸惑う。

「何……、何で？　別にいつもと同じだし」

「何怒ってるのよ？　だって――」

「もういいってば！　何にもないんだから」

体が力み、吐き捨てるように叫ぶ。母親に、ここまで大きな声で怒ったのは、もしかしたら初めてかもしれない。

「あんた今回の生理、そんなにひどいの？」

「えっ？」

「えっ？　て、だってあんた、布団に血、珍しくついてたじゃない？　いつもだったら、ちゃんと大きめのしてるから汚さないでしょ。もし、生理痛酷くなったりしてたら、一度病院に診てもらったほうがいいんじゃない？」

私は、頭が真っ白になり、後ろをバッと振り向いて母親に背中を向けた。ゾッとする記憶が早送りと巻き戻しを繰り返し、脳内を錯乱させ、苛立ちどころか息を吸って吐く順番さえ一気に吹き飛んでしまった。暗くて見えていなかったのだ。朝になる前に早く畳んでしまっていた敷布団は、一気に丸めて昨日、洗濯機に放り込んだだけであったのだ。

「いや……、いい。ちょっと色々イライラしてて、由花に話聞いてもらってたんだ。生理痛はあるけど、そんなにひどくないから大丈夫だよ。心配しないで」

「そう？　それならいいんだけど、あんた無理にダイエットとかしたら、骨とか体の成長止まるわよ。しっかり食べないと」

「大丈夫！　それより、夏休み中、由花と由花の彼氏たちと海に行くかもしれない。もしかしたら泊まりになるかも」

「へえ、そうなの。いいんじゃない」

何も気づかず、話も半分聴いていなさそうな母親の口調にやっと気が抜けて一息つく。

自分以外には無関心で、娘の私に対して偉そうなことを言う。その割に、鈍感な顔を平気で見せる母親。いつもの母親で安心した。

買い物をしてきたエコバッグを二人で手分けして取り出す。特価二割引きシールが貼ってある、食べ飽きた味の若鶏の唐揚げや、十九円のもやし袋を無感情な目で見つめて冷蔵庫にしまっていく。菓子袋をしまい終わって空になった母親の方のエコバッグも、お腹にあてて丁寧に折りたたんでいく。代り映えのしない、母親の姿と、私の日常の慣れた手つき。

「朱美テレビつけて」

テレビをつけたらいよいよ母親との会話の必要もなくなった。私は一緒に座りはしないし、一緒にテレビも見ない。漂ってきたいつもの白い煙を片手で払い、換気扇をつける。

台所の使い古したシンクのステンレスキズや、薄汚れた黄色い食器洗いのスポンジ。取れないガス台の茶黒い汚れや、あれこれ並んだ使いさしの調味料、それを眺めて私は眉間にしわを寄せ、腰に片手を当てた。料理を作るのではなく、テーブル上に欠かさず置かれている、チーズ入りの海苔巻きあられを、口紅の付いたまま何個もぼりぼりと食べて椅子の上で胡坐をかき始める母親。いつの間に冷蔵庫から出していたのか、銀色の缶ビールの蓋を開けて卑しい口元の音を立て、喉の奥に注ぐように飲んでいる。ギラギラした下目遣いの大きな目は、画面の奥で動く人間を必死になって追っていた。あられの残りを小刻みに前歯で噛み、ほうれい線のしわや影をだらしなく伸び縮みさせている横顔。たるんで引っ込んでいる二重顎は、もう気にしていないのだろうか。冷蔵庫に張られた二枚開きの請求ハガキ、勝手に投函されていた磁石の広告シール。大量の空き缶。私は、黙って自分の十八金のフープピアスを触り確かめ、母親の猫背のパーカー姿を睨んだ。ただ、自分の足元のうっすら穴の開きかけていた靴下を見て、何も思い通りにならないのだと乾いた唇を噛んだ。

テレビをつけたまま今度は携帯画面を食い入るように見詰める母親に愛想を尽かし、私は自分の部屋に戻る。洗濯物を取り込み、薄い水色の敷布団シーツの汚れを探していく。

一応母親が再度洗ってくれていたので何の痕跡もなくなっていた。ガラス戸の鍵が閉まっているかの確認をしっかりし、洗濯物をいつもより神経質に畳んで綺麗に揃えていく。

今日、木曜日の夜がくる。

まだ一週間しか経っていないのか、すでに一週間も経ってしまったのか、頭でどうこう考えても、今日は木曜日。午前の授業内容も、由花との会話の内容も全く頭に残らず、なかなか気分が落ち着かない。空の曇った三時限目はジメジメとして、空気がどんよりと重かった。憂鬱だ。天気も午後からは雨が降ってもっと悪くなるそうだし、バイトも面倒くさくて行きたくない。もういっそのこと休んで、そのまま家に帰ろうかとも考えた。

「朱美～、ジュース買いに行かない？　蒸し暑くて死にそう」

「うん、いこっか～」

たぶん、授業内容のほとんどをまともに聞いていなかった由花が、チャイムが鳴り響くと同時に後ろの方から話しかけてきた。二人でいつも通り自販機のジュースを買い、たわいもない話をする定番のコース。意外と大切な日課だ。でも、今日は、いつものミルクティーを買おうとしたら売り切れだった。

「うわあ、なんで売り切れなの？　最悪。夏みかんジュースと同じくらい人気なんだからさ、もうワンレーン増やしといてほしいわ」

「はは、朱美、めずらしくごりっぷくだね。本当にミルクティー好きだもんねぇ」

由花は嬉しそうにカフェオレを飲みながら清々しい顔をする。私は仕方なく一番安いペットボトルのミネラルウォーターを買った。

「朱美、ひとくちちょうだい」

毎度のことだが由花は最初の一口目を奪っていく。「いいよ」と、私は二口目を口にふくんでキャップを閉めた。もうすぐ夏休みに入るので、しばらくは、この自販機でジュースを買うこともない。それに、目の前の通路を大勢の生徒が移動していく光景も二学期が始まるまでは見られなくなる。水をもうひとくち口に含んで、味や温度をゆっくり確かめようと舌の奥に溜めると、水はすぐ温かくなり、歯や粘膜に浸透して消えていきたがった。

ぬるい水、ぬるい唾液、ぬるい風。

「きゃっ、朱美何やってるのよぉ」

脇へ行き、側溝辺りで水を全部吐き出した。

「何この水、超マズイ〜!」

「えぇ、水に味なんてあるかぁ?」

「あるって!」

「ないって！　ははは、もう超ウケる朱美」

「はははははっ、キタナイよねぇ」

「もう朱美は水買っちゃダメ～、あはは」

何故だか普段通りに学校に来ている私がここにいる。由花と並んで喋り合い、何も気にしていない足取りで校舎を歩いている。いつの間にか、普通にご飯だって食べられて、健康な日常生活を問題なく継続して送っている。

もうあっという間に過去のことにしてしまっている自分がここにいた。

一瞬、そんな平気な自分自身に、強い不信感を抱いた。だが、割と平気だ。そわそわ落ち着かない時もある。睡眠も前より浅くなった気もする。でも、そのわりにはやっぱり授業中もバイトの労働時間も平気なのだ。どこかに自動操作ＯＮ／ＯＦＦの強制作動スイッチが仕込まれている感じ。毎朝無事に目覚められるように、誰にも悟られずにいられる切り替えスイッチが。それでも不意に目を閉じると、あの日の暗闇を思い出してしまう時もある。だが、混乱が始まると自動的に脳が判断してシャットダウンし、また明るく再起動する。

「私、意外と平気なんじゃん。だって、こうやって生きてるんだもん……」

ぼんやりと独り言をつぶやいたけれど、どこか他人事のような私。机に寝そべり、教室内の光景をぼーっと眺めていたら、由花が携帯電話を見ながらこちらにやってきた。

「ねえねえ、朱美、康太から七月の二十三日からは三日間、部活休みになるって連絡があった！　聡君からは何か連絡あった？　っていうか、朱美ちゃんと毎日連絡してるの？」

「うん、まあ〜……」

面倒なので寝そべったまま顎だけ動かして返事する。

「仲いいじゃ〜ん。もしかして海に行くまでに、付き合っちゃったり？」

由花は寝そべっている私を細い目で見降ろし、微笑していた。

「別に、そんなイイ感じとかじゃないし」

「そんなこと言って、本当は積極的になれないだけじゃないの？」

私の目の前の席に横向きに座って足を組み、まるで自分だけがイイ女だという顔をして長い髪を後ろにはらう由花。

「そんなことないってば。まだわかんない。だいたい、ただの良い友達で終わっちゃうことだってあるんだよ。そこまで今、真剣に彼氏欲しいって――」

「え〜っ！　それって、友達以上恋人未満ってやつ？　それはダメダメ！　だって、自分だけの人じゃないってことでしょ。絶対イヤ。考えただけであり得ない！」

「そ、そうじゃなくって、まだ一度しか会ってないって、……フッ、フフッ」

気の早い由花が、腰をねじって体をゆする姿を見て私は噴き出してしまった。由花の無闇に気持ちを隠さない奔放な明るさや女の子らしさが、とても可愛く見えて羨ましかった。

木曜日の夜、雨は結局降らなかったので傘は要らなかった。急いでバイトから帰り、階段を駆け上がって家に到着した。

「ただいま」

母親の方は見ずに、壁に手をかけながら狭い玄関で静かに靴を脱いでいく。

「お帰り〜」

母親はテレビを見ながら椅子の上で胡坐をかき、束の間の一服をしているようだった。

「お母さん、ちゃんと換気扇つけるか窓開けて吸ってよ。臭いんだから」

この間買ってきたグレーのフード付きパーカーは最近のお気に入りなのだろう、洗って乾いたらすぐにああやって着ている。

「あれ？　お母さんまた髪の毛染めたの？」

「うん、今日ポイント二倍デーだったから買ってきて、ついでに染めた」

レイヤーが効きすぎている痛んだストレートヘアー。「似合っていないよ」と言っているにもかかわらず、自分が気に入っているせいか聞く耳持たず、ここ何年も髪型が変わっていない。いつも安っぽい赤茶色のヘアーカラー箱を買ってきて、染めるだけは自分で染め、ホウキみたいな横髪を頬に沿わして昔の色っぽさを未練たらしく残している。あとは、仕事でも困らぬようにか、後ろ髪はまとめて百円ショップのバレッタで挟みたがるのだ。

「朱美〜、あんた夏休みに入ったらさ、もっとバイトのシフト入れられそうなの？　夏は色々とお金かかるし、エアコンの電気代、少し助けてほしいのよ〜」

　母親は一服を終え、受け口のまま缶ビールの残りを吸って言った。

「大丈夫だよ。シフトは結構入れるつもり。夏休み中は平日も入ってほしいって、今日ちょうど店長から言われたところ」

「そう？　そうだと助かるわ〜」

　こういう時だけ、罪悪感を漂わしながら縋るような甘い声を出す。ギラギラした大きな目をこちらに見せる時は、だいたい命令する時か、お願いごとをする時だけだった。そんな母親の態度には、もうとっくの昔から慣れていた。バイト帰りにこうやって缶ビールや、煙草を頼まれて買ってきて手渡しても、商品と引き換えに立て替えたお金がもらえないことなんて日常茶飯事だった。とくに酷い時は、固定して渡している三万円以外に生活費が給料日まで足りないからと言って、私に一万円、二万円でもいいからちょっと貸してくれない？　ちゃんと返すから、というのだ。

姉がいたころは姉がこうやっていた。

今では私が、その番であるようだった。

「お母さん、私のご飯は？」

「冷蔵庫にあるもの適当に食べて」

バラエティー番組に夢中になっていて、こちらを振り向こうともしない。赤くなっている自分の顔や耳にも気づかず、新しい缶の蓋を小気味よく鳴らして、再び気持ちよさそうに喉を鳴らして飲んでいる。

「もういい、お風呂入ってくる」

私は母親に聞こえるようにため息を漏らし部屋の襖を閉めた。リビングと北の部屋は涼しいが、私の部屋は昼間の暑さをそのまま閉じ込めているので、入った瞬間から汗が滲みはじめる。

学校の制服から、私服、そしてバイトの制服から私服。やっと夜の十時半過ぎに部屋着に着替えられる。それなのに、最近は何だか自分の部屋ですら落ち着かない。

――本当に、適当なんだからお母さん。私も疲れて帰ってきてるんだから、せめてご飯くらい温めてくれたっていいのに……。

不貞腐れながら浴室に行き、ブラジャーのホックを外す。ショーツに指をかけて、スッ

とかがんで下ろそうとしたら、

「あっ、あれ。……よ、よかった！」

思わず声が漏れた。

確かに、違和感はあった気がした。あの日から何も思わず、ただ願掛けのお守りのように敷いてあった真っ白なシートには、鮮やかで真っ赤な血が滲んでいたのだった。こんなに驚きながらホッとしたのは、初めてだった。私は両手で顔をバッと隠し覆い、胸が絞られる思いになりながら、我慢せずにほろほろと涙を流していた。


「朱美もう早く寝なよ。明日も学校なんだから」と、お風呂から出てきたばかりのところで、親の風を吹かす母親は、にやけた顔をしながら携帯電話を必死になって触っている。

画面ばかり見て夢中でいる滑稽な母親を尻目に、私はめずらしく「は〜い」と、機嫌よく返事をし、冷蔵庫の麦茶を手に取って部屋へ戻っていった。体を伸ばしながら念入りに部屋中の戸締りチェックをする。一通り寝る準備をし終わった後、布団の上にゆっくりと横たわり、少し張ってくるお腹や、いつもより冷たい指先などにも感謝して目を閉じていた。久しぶりに、このまま気持ちよく眠っていきたかった。けれど、今日だけは朝まで起きてなきゃいけない。ぼんやりと自分の部屋の壁や時計の針を見ていたら、とうとう向こうの部屋のテレビの電源がプツッと消える音がした。最後の一缶を放り投げる音が残りの缶と当たってカシャンといい、襖の隙間から暗闇が入ってくる。あっという間に気配のなくなった隣の部屋。家全体が静かになりすぎると、また落ち着かない。多分、こんな寝静まった夜、このアパートの私の部屋だけが電気を煌々とつけているだろう。携帯電話を触ったり、アップテンポな音楽を聴いてみても、自分の意識はどんどん遠くへとんでいく。

あくびを何度しただろうか。そろそろ外の闇夜の暗さに、明るさが足されていくような、四時も半過ぎだった。ガタンッと、北側の奥の方から、人が立てた物音がした。一瞬ビクッとなり、背筋が硬直したまま何も動けなくなる。心臓があぶり出し、一気に眠気が覚めた。でも、見に行く勇気なんてあるはずがない。私は念の為、机の下に用意しておいた殺虫剤のスプレー缶を探して手にし、音を立てずにそっと片手で隠し持った。白い襖を見つめると、向こう側に明らかな人の気配を感じる。ひっそりと、忍び足でこちらに近づいているような気がしてならず、息を殺したまま、このまま待つことを自ずと選んだ。物音を立てずに、誰かがスーッと寒気を誘うように襖を開く。

「び！　ビックリした！　お母さんか！」

「お母さんかって。他に誰がいるのよ！　朱美もう何時だと思ってるの、早く寝なさい！」

　パシンッ、と鋭い音を立てて襖を閉められた。トイレを済ませ、自分の部屋に戻っていく母親の物音を聞き届けてやっと胸をなでおろしたが、私は手元から離れて向こうの方へ転がっている頼りない殺虫剤スプレー缶に目をやった。ぼやけた意識のまま目をこすり、カーテンの隙間から漏れる薄明かりを見つめてみると、七日前の青と同じ空色が重い夜明けをつげていた。


「ごめ〜ん！　お待たせ」

　肩から二の腕にかけてシースルーになっている、白いレースのフリル付きブラウスに、ジーンズ生地のホットパンツ。大き目の黒いサングラスをかけた由花が改札口の向こうから現れた。

「おはよ。予報通り、晴れてよかったね」

　今日は七月二十三日、海へ行く約束の当日だった。天気予報は快晴で降水確率も〇％。最高気温も三十五度を超すというまさしく海日和。これから向かう海水浴場は、名称だけは聞いたことのある有名な所だった。

「二人ともまだ来てないの？　やっぱり！　康太返信全然ないんだもん！」

　由花は自分が待たされるのは嫌いなので、朝から元気にイライラしていた。

「何か来そうな気配もないし～、コンビニで飲み物でも買って待ってよっか」

「うん、そーしよー」

と、話していたら、後ろの方から元気な男子の声が聞こえてきた。

「あっ、康太たちだ！　もう遅刻――」

二人は一泊二日分くらいの荷物を持って、大きく手を振っていた。まだコンビニに着く手前だったので、ちょうどお互い待つこともなく合流できた。

「おはよう、康太。聡君もおはよ。待ち合わせ時間に康太も聡君もいないから、コンビニ行こって言って、二人で向かうところだったんだよ⁉　本当にもう」

「わるいっ！　俺、寝坊しちゃったみたいで、聡から電話こなかったらヤバいとこだった！」

「なんで私の電話で起きなくて聡君の電話で起きるのよ！」

「ゴメンってば。おっ、それより由花今日も可愛い！　っていうか特別！　超絶に綺麗！」

「ふん、褒めても無駄よ。とりあえずコンビニでコーヒー買ってくれたら許してあげる」

「わかったよ！　それで済むなら十杯でも二十杯でも！　聡と朱美ちゃん、ちょっと待ってててね。由花の機嫌なおしてくるわ」

「おう、わかった」

聡が返事をすると、由花が勝手に康太より先を歩いてコンビニに入って行った。康太はすぐ後を追いかけて、由花に必死に笑顔で話しかけている。

「朱美、おはよう。待たせてごめんな」

「うん、おはよう。大丈夫」

会話はそれで終わった。私は聡に対して話すことがない。今日会うまで、散々毎晩携帯電話で質問されていたから。答えたくないような、恋愛話にかこつけた下ネタの質問にも頑張って返信していたから、それで問題ないと思っている。聡は、少しそわそわして、あっち見たりこっち見たりしていたが、何がどうして落ち着かないでいるのかは、私はとくに面倒くさくて質問しなかった。

「二人ともお待たせ」と、ペットボトルを三、四本抱えてコンビニから出てきた康太。その後ろからゆっくり、アイスコーヒーのカップを手に持って歩いてくる由花。機嫌をとっくに良くしていた由花の笑顔を見たら、少しホッとした。聡は普通に「サンキュ」と康太からペットボトルのお茶を受けとって、何も構いもせず飲んでいる。

「はいっ、朱美のお茶だよ」と、康太の抱えた腕から一本取り、由花が持ってきてくれた。

「えっ、いいのに。お金は誰に？」

「康太が出してくれたから大丈夫だよ。四人分買ってきたんだから気にしないで」

由花と康太、聡の中ではこれが普通なのか知らないが、私は人からおごってもらうのが、もしかしたら、少し苦手かもしれない。


海へは日帰りで帰ってくるけれど、皆、由花から知らされている通り、今日は由花の家で一泊することになっていた。私が一番断りたくても断れなかったお泊まり会。

「そういえばさ、由花。お母さんやお父さんは、四人で泊まるのＯＫしてくれたの？」と、私は横目で由花を見て、疑問を呈すように尋ねた。

「うん、大丈夫だよ。お父さんは昨日から出張で三日間いないし、お母さんも今日は妹連れて、二日間実家に帰るんだって。私はどっちの言うことも聞きたくないし、自分で決めるから何でもいいの」と、何食わぬ顔をして言う由花。

「えっ、でも彼氏も含めて男女四人でっていったらまずくないの？」

「はっ？　だって彼氏いること親に言ってないもん。親だって黙って好きなことしてるんだから、私が何したって別にいいと思わない？　私は海にも行くし、家でちゃんと留守番もしとくし。問題ないでしょ？」

「でもそれって、一人だから留守番してても大丈夫ってことで、四人で家にっていうのは」

「朱美は何にも心配することないんだって。楽しむ前からそんなに朱美が心配してたら、何にも楽しめないよ！」

　私は謝る必要もないから謝らなかった。が、それが気に入らないのか、由花はしばらく不機嫌でいて私と目を合わせなかった。


「すごい人が多くてびっくりだね！　どう、これ。可愛くない？　新作の限定カラーなの」

　海の家併設の脱衣所から、スラリと出てきた由花のビキニ姿に驚いた。レースと花柄を使う流行りの白いビキニに着替えてきた由花。結んだ髪の毛を丁寧にまとめながら、手鏡で自分の横顔を何度も振り返り、入念にチェックしている。由花の姿は、脱衣所を利用している女の人も一瞬視線を奪われるような容貌であった。いつもに増して凛として見える由花は、自分の恵まれた美を既に知り尽くしていて、誰よりも自分が綺麗なんだと、自信に満ち溢れていた。鏡を見つめる上目遣いの鋭い目つきと、下唇をぷくっと膨らませて焦らし、微笑む挑戦的な口元。ホルターネックタイプのトップは、細い紐を使って首の後ろで結んでいて、うなじから鎖骨に流れ落ちていく白い首筋が、おくれ毛とピアスとともに増せた色気を帯びさせている。同じ年とはとても思えない。そのまま体の湾曲を辿って見ていくと、腰のサイドリボンの編み上げの仕立ては野性的で、こじんまりとした丸いヒップと、細く平らなウエストを惜しげもなく披露している。何より、同性でも不意に見つめてしまう、しなやか白い太腿の内側や、切れ上がったVラインは、言葉では言い表せない程の魅力を放っていた。

「……由花、かわいい。とっても似合ってる！　綺麗だし本当にうらやましいなぁ」

「そう？　ありがと、って、あれ。朱美、何でTシャツ着てんのよ」

「えっ？　うん、何かTシャツ着ててもいいかなって」

大勢の人前でそう簡単に水着姿にはなれないと、いきなり言葉にはしなかった。

「ええ、何それ。中に水着着てるんでしょ！」

「わかった、海に入る時はTシャツ脱ぐから」

下唇を歪ませ、顎にしわを寄せるほどのことでもないのに、由花は不機嫌そうに、珍しく小声で頷いていた。

目に刺さるような太陽の光がビーチ全体を熱く覆い、家族連れやカップル、はしゃぐ水着姿の集団を賑やかに躍らせている。久しぶりの海は、潮の香りや磯の臭いなど微かな記憶をよみがえらせ、胸をワクワクさせた。母親と姉と三人で一度だけ行った海水浴の思い出は遠い。砂浜や体が照り付けられ、ゆらゆらと立ち上っている熱風のにおいは、香ばしいバニラの香りと白い日焼け止めクリームとともにまとわりつき、とても心地良く甘く漂う。小学生頃までは水着で人目を気にすることなんていうことはなかった。浜辺で無邪気に遊び合う子供たちの笑顔を見ると、それがとても懐かしく思える。おぼろげな昔の夏の思い出が、白波のように押し寄せてきて、さっと潮風とともに消えていく気がした。

「朱美も、泳ぎに行こうよ！」

康太や聡と三人で燥ぎ続けていた由花が戻ってきた。おでこがあらわになって、大粒の白い歯を見せて笑う由花。平たいウエストから伸びているお臍のラインには、まだ数滴の水が滴り、先程よりもっと魅惑的な姿になっていた。

「ねえ、二人ともお腹減らない？　俺、腹減ったから、焼きそば食べたいんだけど。みんな何がいい？」

「そういえば、お昼過ぎてるね。何、康太おごってくれるの？」

「おう、昼飯くらい俺がおごるよ！」

「わ～、やった！　ありがと」

「俺も出すよ、朱美は何がいい？」

聡が、置いてあった鞄から長財布を取り出してこちらを向いて聞いてきた。

「私、自分の分は自分で出すから大丈夫。何にするか見て選びたいし、一緒についてく」

私は顔を横に振ったまま、聡の方を見ようとはせず断った。

「康太～。私、同じ焼きそばがいい」

「ＯＫ。じゃあ、由花待ってろよ。早く帰ってくるからナンパには気をつけろよ！」

「うん、わかってる」

康太に手を振って応え、早速シートの上で胡坐をかいていた由花は、笑顔のまま眩しそうに海を見渡していた。

海の家で販売している食べ物を、三人で買いに行くことにしたが、康太は前を歩いているのに、聡は私の横を歩いている。私は、今日、聡にほとんど話しかけていなかった。

裸に近い男の人の姿を、近くであまり見たくなかったので、目をそらしていたせいもあるかもしれない。

だいたいフードコートで初めて会ってからまだ一か月も満たないし、実際、聡の顔を直接見たのは今日で二度目なのだから、無理もないだろう。

三人とも何も会話を交わさず、海の家へと向かうが、私は、海の家に近づくにつれて、そこに漂う人の群れの色や音の異様さを感じ取り、本当はもう何も買わずに店前から遠く離れたくなっていた。

「……ねえ、ここで買うの？」

私は眉間にしわを寄せながら、二人に聞いた。

「えっ？　ほかにいいところあった？」

康太が、後ろにいる私の方へ振り向き、辺りをあっちこっち見回している。

「利用料払ってる海の家にも売ってたよ？　焼きそばとか」

「えっ、だって、ここの方がウマそうじゃない？　店も南国風でおしゃれだしさ。朱美向こうのがイイの？」

聡が私に聞いてきたが、康太はもうメニュー表を選んで楽しそうにみている。

「……いいよ、選んでて」

レゲエっぽいBGMが流れていて、この海水浴場とは関係ない、くどい色した国旗の布がだらしなく横壁に貼ってある海の家。奥を覗くと、お酒を提供するカウンターバーや、少人数から大人数までイートインできる広いスペースがあった。

真っ昼間から、お酒を飲んで酔っ払っている大人がいる。

わざわざ見えやすいところに入れた落書きのようなタトゥーを見せびらかして、大声で偉そうにしている男女もいる。

それに、男の人が五人でいるのに、そのあいだに挟まるように座ってはしゃぎ、隣の男の人にベタベタ触って喜んでいる、流行り眉の女の人が、三人同じ顔して笑っている。

薄暗くて蒸し暑そうな、入り乱れた世界。赤や黒、黄色や緑が淀んで入り混じる、私には理解できない、したくない世界がこの空間に充満していた。

聡も康太も、こんなあやしい酒浸りっぽい店で、よくミスマッチに販売されている焼きそばなんかを買うなと思った。

それに、目が点になるような値段がイチゴのかき氷の写真下に書かれている。一四〇〇ＹＥＮと。わざわざ〝ＹＥＮ〟と。

でも、よく考えてみれば、この群れに群れた遊び人の集まりみたいな海の家の雰囲気を見てみるに、康太や由花、聡が少し年をとってバージョンアップしたくらいの見た目の人が多かったので、康太や聡がいま自然に溶け込んでいるのも合点が付いた。

康太も聡もたやすく数千円を差し出し、高価なコーラまで買っていたが、私だけ通り沿いの他の海の家で、急いでコーラと同じ金額の三〇〇円のオニギリを買った。

私は、聡が手に持っている、色の薄い、冷めてかたまっていそうな焼きそばをジッと見ながら歩いていく。

かき氷や焼きそばの値段や色、量などをはかって気にしている私は、きっとこの海水浴場の中で一番ダサい人間だろうと思った。

ただ、さっきの海の家にいた人達みたいに乱れた個性がなくてもいいとも思った。

「今日由花ん家、泊まるんだよな。みんなで」

康太が手に持っているイチゴのかき氷を気にしながら、聡に聞いた。

「そう聞いてるけど？　由花ちゃんが良いって言ってるんだし」

聡は適当な返事の仕方で、砂浜の照り返しを眩しがっている。

もしかしたら、聡はあまり、泊まりに関して賛成していないのかもしれない。

聡の口調で、私はチャンスだと思い、まとめて二人に問いかけてみた。

「でもさ、由花のお父さんやお母さんいないんだって。大丈夫なのかな」

私は同じ不安な意見を持つ声が、聡から上がらないかと少し期待した。だが、全くの正反対の声が康太から返ってきて目を丸くする。

「何言っちゃってるの、朱美ちゃん。由花のお父さんやお母さんがいないから良いんじゃん？　俺まだ由花の親に会ったことないし。まだ秘密にされてるっぽいわけ。今日は朱美ちゃんが友達連れて泊まりにくるってことになってるらしいからさ。とりあえずさ？　今日は楽しく朝までゲームやったり映画見たりして騒ごうぜ？」

私は言い返すも何もない、絶句したまま康太が発した言葉に混乱したままでいた。


買い物から戻ると、由花は一人で待ってはいなかった。

パラソルの下で後ろ肘をついてくつろいでいる由花の足元には、焼け焦げた肌色をした三人の男がひざまずいていた。

短髪を落書きみたいに剃り上げた、蝉みたいな体格の男と、肌が黒くなければとても健康的には見えない、ムカデみたいにひょろひょろとした薄い男。それに加え、ツバメの巣を頭にのせたみたいな間抜けな鳥顔の男がいた。

私は、少し離れた所でひっきりなしに髪の毛を触っている由花を黙って見ていた。

由花は面倒くさそうな顔をして、たびたび横をプイっと向いていたが、ちょうどこちらに気づき手を振った。

「おーい、みんなぁ！」

男三人は、由花の見る方向へ視線を向けて、座ったままこちらを睨みつけている。きっと年は二十代、三十代だろうか。

男三人は面倒くさそうにして立ち上がり、ぞろぞろとこちらに向かって歩いてきた。

私は、さっきより遅い歩調で慎重に歩く康太や聡の様子をうかがった。相手は三人。反対向いて歩いていけばいいのに、こちらと目が合ったからか、むこうの三人が対向してくる。

ひっくり返った蝉みたいな体をした男が、通り過ぎ際に康太と聡の顔を見て、「何だ、ガキ。ツガイだったのかよ」と、吐き捨てていた。荷物の数を見たり、由花の可愛さを見れば、一人でないのも分かるだろうに。一人でいる由花の隙を狙えるかどうかチャレンジしたのだろうか。

「もう〜、遅いよ康太。変な黒くてキモいのに声かけられたしぃ。本当にサイアク」

由花はホッとしている感じより、遅く帰ってきた三人に駄々をこねるみたいに怒っていた。

「ナンパとか本当にイヤだよね。荷物見たら男子もいるのわかるのにね」

私は、由花に同情すると同時に、どこか、これは仕方のないこと、必然的なことだと思って目を伏せた。が、ふと視線を斜めにやると、康太のかき氷は、徐々に熱で崩されてみぞれのように溶け始めていた。康太は手に持ったまま、いっこうに由花に差し出さない。立ち止まったまま、不機嫌なオーラを出している康太は、私や聡を凍らせようとしている。

由花は何故かまだ、この場に漂う不穏な空気に気づいていない様子だった。

「……おい」

「えっ？　何。あっ、康太それ美味しそう！　イチゴのかき氷、私にも一口ちょーだい」

「おい、……違うって。お前さっきのナンパのやつらと何しゃべってたの？」

「はっ？　何にもしゃべってないし」

「嘘つけ、なんかしゃべってただろ？」

「だから、何にもしゃべってないって。ただのナンパだよ？」

「ただのナンパって、お前ひとりしかいないのに。あの中に誰か知り合いでもいたわけ?」

「はあっ?　ありえないし。久しぶりに海にきて、偶然何でここで会わなきゃいけないのよ」

「じゃあ、お前が油断してたから、しゃべりかけられて、俺ら帰ってくるまで楽しく、あいつらとしゃべってたわけなんだ?」

「ちょ、ちょっと待って。何で私が楽しそうにしゃべってたのよ。ありえなくない?」

「いや、ありえてるじゃん。じゃあ何で早く追い返さないわけ?　いやだったら、少しの時間もあいつらといないでしょ」

「だから〜!　一人じゃないんで、って、言っただけで本当に迷惑だったんだってば」

「ひとりじゃないんでって、ほら、しゃべってるじゃん!　他にも質問されて普通に答えてるんでしょ?　やっぱ嘘じゃん!」

康太と由花の激しくなっていく口論に、聡と私はたじたじだった。

別に由花が油断していたなんて思えない。今日せっかく由花が楽しそうにしていたのに、康太と喧嘩を始めるなんて可愛そうだとも思った。だが、何もしてあげられない。

溶けかけたかき氷も、手に下げている焼きそばも渡さないままでいる康太。疑い責める康太の怒りを見るに、まったく止める方法が見つからない。

「康太だって、あいつらが近く通り過ぎて行ったとき、何にも言ってなかったじゃん？　私が声かけられて狙われてたのに怒らないわけ？　相手が年上で三人もいたから？」

由花も康太に太刀打ちするように疑ってかかった。

「あのさぁ、俺があいつらに手出したら、三人ともすぐ病院送りになるぜ？　それに、あいつら殴った俺が逮捕されて警察署に連れていかれたら、由花は、それでよかったってなるわけ？」

由花は康太に敵わないなと思われたが、さすがに由花は黙っていなかった。

「捕まっていいわけないじゃん！　馬鹿じゃないの⁉」と、大声で叫んで立ち上がり、由花は康太の持つ焼きそばの入ったレジ袋を腕ごと奪うようにして取り上げた。

康太は由花の迫力に少しのけぞり、黙って溶けたイチゴのかき氷だけを持ったまま、棒立ちしていた。

本当は康太も気づいてあげないといけないと思った。由花の力んだ声は、戸惑いの怒りから、戸惑いの悲しみのように変わっていたのだから。

「食事も終わって時間もたったし、朱美泳ぎに行こう！」

ひとしきり写真を撮り続けていた由花は、先ほどの喧嘩なんてなかった顔をし、髪の毛を揚々と結び始めていた。

「今度は二人で行ってきなよ。俺らが荷物の番してるから。由花、気を付けろよ」

「わかってる」

やっといつも通りの二人きり。じゃれ合うように砂浜を走っていき、波の重さに足をとられながらも心を弾ませていた。

水しぶきが上がり、透明の水中はすぐに土色や灰色に濁り変わっていく。由花は私がTシャツのままでも何も言わなかった。きっともう忘れている。

海の水は驚くほど温く、腰まで浸かる頃には、ほとんど肌の感覚を奪っていった。波に逆らいながらリズムよく浮いて、肩まで浸かれる沖を求めて進んでいく。

由花はある程度人の少ない所まできて、紐で引き連れていた浮き輪の中に入った。私も由花の浮き輪の紐を時折引き寄せ、波と一緒に漂う。いつの間にか二人とも喋らなくなっていた。程よい距離を保ちながら、海面に顔を出してあおむけになる。たぷんちゃぷんと胸板に波があたって首の横をくすぐっていく。空の色も、海の色も、綺麗とか絶景とまでは言わない。濁った白が、青の一面をかすみ覆っている素朴な海空。街から一時間ちょっとで来られる距離に、両腕いっぱいの空と海が広がっている。

温かい海水は、焼けるような素肌に浸透していき、熱と混ざり合って馴染んでいく。折々押し寄せる度に体を浮かせ、普段の喧騒を忘れさせてくれる優しい波。気持ちが静まり、つい眠たくなって、心地いいまま、まぶたを閉じたくなった。こうやって、いつまでも海と一緒に漂っていたら、過去も、苦しみも、すべて流して忘れさせてくれるような、そんな大きな深い海の気持ちに触れた気さえする。

目を閉じたまま上半身を浮かばせていたら、少し大きな波がきて、顔や耳をたぷんと飲み込んで濡らしていった。私は顔を拭い、真っ直ぐ立ち上がる。

ゆらゆらと波の折り目が漂い続ける沖のもっと遠くの方で、小さくなった貿易船が陽炎のように見えていた。とっても、とっても大きい船なんだろうなと、ぼんやりと手を伸ばして触ってみようとしたが、水面から跳ね返ってくる太陽の光が眩しくて、今度は目が焼けそうになり、手の平をかざして顔を隠す。下唇を舐めると、海の水はとても塩っ辛くて苦かった。

「朱美～、何してんの？」

浮き輪に入って浮かんだままの由花が声をかけてきた。

「頭が熱いから潜ってたの。ははは、やっぱり海の水って、塩っ辛いよね」

私は当たり前のことを言ったしょうもない自分にクスクス笑い、遠い沖の方の船をまた探していた。

「あれ、もう駅に着くの？」

電車内、遊び疲れて寝ていた由花が、到着駅の近くになってからようやく目を開けた。

「あと、二駅で着くよ」

私は三人が寝ている間に、フープピアスの片方が無いことに気づき、必死に探して疲れていた。髪の毛に引っかかっていないし、鞄や衣服にも付いていない。きっと海水浴場で落としてしまったのだと先ほど気づいたのだが、もう既に遅かった。給料を少しずつ貯めて初めて買った十八金の小さなフープピアス。肩を落としながら肘掛けにもたれ、もう二度と高いピアスは買わないと誓いながら景色を遠く眺める。

今日のようなお泊まり会は、状況的に非常に避けたかったのに、由花のお願い攻撃には、結局弱い自分がいる。私はとんでもないことを了解してしまったのかもしれないと、今頃になってまた不安を大きくし、身をすくめていた。

「家に帰っても食べ物ないし、お店で食べるのもよそう」と言った由花の一声で、家に着く前の最寄りのコンビニで買い出しすることとなる。このまま、家に行って四人だけで過ごすのかと思うと不安になる。きっと由花は大丈夫だ、大丈夫だと言ってやり通そうとするだろう。私は、何を買うのか決めてもいないのに、コンビニの商品を一つずつ一人きりで見回る。向こうの方では康太が率先して、お菓子や夜食などをカゴの中に入れているようだった。その適当で豪快な買い方には、ついていけなかった。「私、これが欲しい～」と、由花も、自分の好きなものを、康太の持つカゴの中に好きなだけ入れ、楽しそうに買い物をしている。聡はというと、いつも康太に任せっきりの感じでお気楽な顔をしていた。

「あ、あれ？　森山さん？」

「ん？」

私は、自分の名字を〝さん付け〟で呼ぶ、なんだか懐かしい声に驚き、バッと横を見た。

「わあ、やっぱり森山さん」

「えっ！　直ちゃん!?　めっちゃひさしぶり。びっくりした！　眼鏡かけてないから別人かと思ったよ！」

「うん」

私と直ちゃんは手を握り合い、その場で飛びあがった。

「元気そうでよかった！　直ちゃん。こんなところでいきなり会えるなんて！」

「うん、元気。森山さんも元気そうでよかった」

ばったり会った直ちゃんは、中学生の時の三年間、ずっと仲良しだった友達だ。

最後に二人で会ったのは、去年の春。一年生になり、新しい制服をそれぞれ披露すると約束した四月の終わり頃だった。

待ち合わせした近所の駅で会い、新しい学校の様子や、新しくできた友達の話なんかした。

一年生の一学期ごろまでは、直ちゃんとは毎日のように連絡を取り合っていたけれども、それぞれ学校も変わって、距離は離れていき、いつの間にか連絡のやり取りも短くなっていった。

声を聞くこともなく、もちろん会う約束もせず、関係が自然に遠ざかってしまっていたのだ。でも今、偶然にも約一年半ぶりに会った直ちゃんは、中学生の頃よりも一層元気そうな笑顔で、まるで、解き放たれた自由人のように生き生きとしている。目がウルウルと輝いていて、前より歯を見せて笑ってくれるようになっていた。

「学校どう？　直ちゃん、楽しい？」

「うん、とっても」

爽やかな白いブラウスの制服のボタンをしっかりと上まで閉め、少し伸びた前髪を綺麗に分け目と揃えて耳にかけている。

変わらない笑顔の似合う直ちゃんの清々しい姿を見て、ふいに涙が浮かび上がってきた。

直ちゃんはとても賢く、成績は常に優秀だった。

私とは共通する他の友達もおらず、優等生と、かたや劣等生とでは、本当は仲良くなる要素などは全くなかった。

それでも偶然直ちゃんと仲良くなれたのは、一年生の時に、私がお気に入りで付けていた黒猫のキーホルダーが、直ちゃんの鞄にも付いていて、顔をじっと見合わせたことがきっかけとなった。今でも直ちゃんの持つ鞄には、黒猫のキーホルダーがぶら下がっている。

今の私には、何もついていない。

付いているものとしたら、片耳に残ったフープピアスだけだった。

「森山さん、まだ絵描いてるの？　美術部、中学校になかったから、今の南川高校にはあるって喜んでたもんね」

「ううん、帰宅部。アルバイトしないと、なかなかやっていけないからさ～」

「そ、そうなんだ」

余分なことを最後まで聞かない直ちゃんは、やはり賢いと思った。

「ちょっと、朱美～？　どうしたの！　行くよ、もう！」

レジをいつの間にか済ましていた三人が、出入り口付近でこちらの方を物珍しそうに見ている。

「ああ、ごめん！　外で待ってて、すぐ行くから」

私はなるべく大きな声で由花に言い、涙袋に溜まった大粒の雫を拭って直ちゃんの方をゆっくり振り向き直した。

「直ちゃん、連絡先変わってない？　また会えたら、会いたいな」

「うん、変わってないよ、もちろん。また会おうね！」

「うん」

直ちゃんは、にこりと目を細めて微笑んでいる。

私は直ちゃんの穏やかな表情を見て、日々変わっていく自分の心の温度変化をわずかに感じた。

私は直ちゃんに、最後の別れのように手を振り、いそいで由花たちの方へ戻っていく。

いつか、本当に会いたいという思いがあるのに、遠くなっていく記憶。

たとえば、次に会う約束をして、二人違う恰好で会った時には、どういう私なら、直ちゃんと昔みたいに同じ笑顔でいられるか、今は、見当もつかなかった。

「ごめんね、お待たせ！」

「……あれ、誰？」

由花が真顔になって、唐突に聞いてくる。まっすぐ私をにらみ、まるで他人以上に冷たい表情をしている。

「あの子は、直ちゃん。一緒の中学校に通ってた子だから、由花も何となく違うクラスでも覚えてない？　吉井直子ちゃん」

「んん、知らない。……フッ、何か名前も地味だし、暗い子だよね」

由花は、眉をひそめながら、直ちゃんの存在を虚仮にするように短く鼻で笑った。

私は、空いた口がふさがらなかった。が、困惑がすぐに憤りと変わり、由花に対して初めて感情的に反論した。

「直ちゃんは、別に暗くないよ。とっても面白くていい子なんだから」

「ふ～ん。そうなんだ」

由花はつまらなさそうな太々しい顔に変わり、口を歪ませている。由花だって、直ちゃんを知らないはずがないのに。

成績は学年上位で、生徒会だってやっていたし、合唱コンクールではピアノの伴奏も三年間つとめて、受賞だってしている。

だいたい、高校一年生の入学時に、「二組だった森山さんだよね？」と由花から声をかけられた時は、私の名前なんか知っていたんだと、驚いたくらいなのに。

しばらく不機嫌そうな背中を見せたまま、由花は私の前を歩いていた。

由花は、興味がないからあんなひどい言い方をしたんだろうか。

何があんなに由花を不機嫌にさせたのだろう。直ちゃんを嫌う理由なんてあるのだろうか。


「ここが由花ん家？　由花ん家ってコンパクトでかわいい家だな～」

「コンパクトって何よ？」

「由花みたいにちっちゃくて良い家じゃんってこと」

由花が後ろを振り返り、不愉快そうな顔して顎を突き出している。康太も由花に小さいとか言ったら怒ること、分かっているはずなのに。

「俺ん家のガレージくらいの敷地だな！」

康太は自信満々の声を張り上げ、ふんぞり返った姿勢で笑っていた。聡が横にいた康太に軽く肘を当て、ソワソワと体を動かして解りやすいサインを送っている。由花はムスッとした顔で康太をにらみ、「康太なんかキライッ。フン」と言った。康太は由花の強がる姿を見て面白がっているのか。

由花が有名ブランドのキーケースからカチャカチャ音を鳴らして、玄関の鍵を開けている。どうやら家の中の明かりもないし、やっぱり誰もいないようだった。

ゲームの参加から逃げるようにしてシャワーを借り、恐る恐る部屋に戻っていくと、リビングで騒ぐ三人はまるで大きくなった小学生のように、予想以上に食べ物を散らかして、好き放題騒いでいた。その光景をながめながら私はソファー横の地べたに行き、お尻が痛くても存在をなるべく消すように大人しく座り込む。由花のお父さんが寝ていただろう黒色のソファーの溝にはポテトチップスのカスが挟まり、黒皮の表面には油の指紋がペタペタとついている。テーブルに置かれていたリモコンはこぼしたコーラが少しかかって拭かれないままでいた。声をかけたり片付けたりすると、きっと巻き込まれるだろうと思い、私は沈黙を選んだ。

「朱美ちゃんも、ゲームやらない？」と、康太がゲームの手を止めて声をかけてきた。

「いいよ、みんなでゲームやってて。私もともとゲーム下手だし」

「じゃあ、トランプでもやろうか？」

康太がそう言うと、由花は何も言わずに急いで階段を上っていった。もしかしたら、トランプを取りに行っているのかもしれない。

「やろう！　朱美もやろうぜ」

聡は私の右肩とぶつかっても謝らずに体を押して近寄ってきた。妙に馴れ馴れしい笑顔で、遠慮なくこちらの顔を下から覗き込んでくる。

「ちょっと、聡君、顔めっちゃ近いって」

「ははははっ」

聡は嫌がる私を気にもせず、調子よく笑っている。私は苦笑いを引きつらせながら、無神経な聡の身体を、手のひら一杯に広げて横に押した。

「トランプ持ってきたよ！　みんなでやろ」

やっぱり部屋までトランプを取りに行っていた由花。私は半分、聡にからまれたような気持ちでいたので、由花が早く下りてきてくれて助かったと安堵した。

「おう、やろうぜ。これなら朱美ちゃんも参加できるでしょ」

康太がこの四人のリーダーになったみたいに私に言う。康太に名指しで言われ、私は返事に困った。やりたくないなんて言えないし、そこまで拒むこともできない。

一瞬、由花に目をやると、プイッと鼻そらされた。

「朱美もやるよ？」

「……うん、わかった」

胡坐をかいて座り、黙ってカードを切っていく由花。

「何やる？　ババ抜き？　それとも大富豪？」

「いいね！　大富豪やろっか」

騒ぐ聡や康太をよそに、何故か由花は、少し間をおくようにして正面の私の方をまっすぐ見つめ、不敵な笑みを浮かべながら、「じゃあ、ダウトでもやろうか？」と言った。

「えっ、ダウト？」と、聡がきょとんと由花を見る。私は、八重歯をあえて隠すような由花の見慣れない口元に、一瞬眉をひそめ、「いいよ、それならやり方わかる」と返事した。

「いいね、ダウト！　面白そうじゃん！」

「さっ、もう配り終わったから始めるよ。ほら、じゃんけん」

じゃんけんしたら、由花が一番、康太が二番、私は三番で、聡が四番目。私は持ち手のカードをチェックしながら、みんなの顔を見た。由花から始まる「一」と言う合図。

「一、二、……三、四。……五、六、七」

「六、ダウト！」

「違うよ〜、残念」

「――、十一、十二、……十三」

「ダウト！」

なぜか、私がカードを出す度に、高確率でダウトと言い続ける由花。

私はそれで着々と勝率を上げ、自然と康太との接戦になっていた。カードを出す順番が私に近づくたび、由花の顔をチラッと見てみると、とても有意義そうな表情をしていた。

「ダウト！」と言う由花は、また他のゲームを楽しんでいるような声で高笑いをし、とても大げさに残念な顔をする。こんなに、目に見えない圧力をジリジリと感じさせる遊びであったのかと考えるほど、手に汗が滲んでいた。

結果は康太の勝ち。私が二番、三番目が由花と続いて、聡が持ち手のカード枚数がパンク状態になって終わっていた。

ゲームが終わり、もう一度ダウトをやってからババ抜きをやろうと言い出す由花。

私は肩の力を抜き、カードをかき集めて由花にカードをさりげなく「はい」と渡した。だけれど由花はこちらを見ようともせず、康太や聡といつもの笑顔で騒ぎ合っていた。

「眠いと思ったらもう四時半だ。俺、眠いからシャワー借りて寝るわ。由花も寝るぞ」

康太が大きなあくびをしながら時計を見て背伸びする。

「そうだね、康太。もう寝よっか。朱美、今から布団出すの手伝ってくんない？　私の部屋に康太が寝るから布団はいらないんだけど、朱美のいつも使ってる布団、下のリビングに持っていきたいからさ」

由花は、平然とした顔で歩いていき、私を階段付近で呼び寄せる。由花は驚いている私を気にも留めず淡々と話し続け、足早に階段を上って行こうとする。

「康太君と聡君は、二人で寝ないの？」

私は、開いた口が閉じる前に由花に聞いた。

「康太が私と一緒に寝たいって。私の部屋で四人で寝るのも、何か狭いし……、ね？」

由花は、普段通り、私が何かを察して、妥協すると当たり前に予測していた。

「わ、わかったけど、私どうしよう？」

「大丈夫だって、朱美。だいたい、聡君まだ眠くないって言ってるんだから、ゲームの続きでも付き合ってあげたら？」

由花の表情は再び吊り上がり、まるで授業の話や、テストの時よりも面倒くさそうな顔もして、私の気持ちを横手で振り払った。

「朱美さ～、何か今日朱美だけ全然楽しそうじゃないし、私ずっと困ってるんだけど？」

由花の物言いで、私は既にこの中で一番の悪者扱いになっていたことに気がつく。

由花が私の姿を蔑んだように見つめ、両腕を組んでいる。自分だけが悪いみたいに言われ、こうやって、ただ謝らなければいけない状況なんておかしいと言い放ちたいのに、一言も反論できない。

「はい。布団。朱美も疲れてたらさっさと寝ちゃいなよ？　明日はみんなが起きたら、またどっか遊びに行きたいし。さっきは言いすぎたけど、ここんところずっと朱美元気なかったし、何か心配でさ」と、由花は拍子抜けした顔を作りながらも、自分の立場を誇示していた。でも、確かに今日は、由花が楽しみにしていた日だ。もうちょっと私も由花やみんなに気を遣えていれば良かったのかもしれないと思うと、また複雑な気持ちにもなってくる。

「朱美ちゃん、ソファーか下か、どっちがいい？　俺布団いらないし、どっちでもいいから好きな方で寝ていいよ」

Tシャツと短パン姿で聡がシャワーから戻っていた。

「私、下でいいよ。家も畳だから慣れてるし」

「わかった。俺ソファーで寝るよ」

「朱美も聡君も、ゲームずっとやっててていいし、冷蔵庫の飲み物もよかったら好きなもの飲んでね、何も気にしなくていいから」

私と聡が後ろの方で立っていた由花の方を振り返り、お礼を言おうとしたら、康太が早めのシャワーから戻ってきて由花の小さな肩に両腕をまわしていた。

「あれ、そっちももう寝る準備？　じゃあ由花、俺らももう眠いから上で寝るか？」

康太が由花を喜ばせるように見つめている。

「うん、うちらも寝よっか、康太。二人とも明日は昼くらいには起きるからね」

「じゃあ、お休みなー」

康太と由花は扉を閉め、テンポよく足並みをそろえて楽し気に階段を上っていった。

二人の気配も遠くなり、奥の部屋の扉がパタンと閉まる。最後の物音まで聞き届けられるほど下のリビングは静まり返っていた。

私は、由花に置き去りにされたことに対して、この時、裏切りにも似た感情を覚えた。けれど、私が今ここにいることを選んだのだった。

「朱美、もう眠たい？」

「うん、もうそろそろ眠いかな」

「そっか、俺に気使わなくていいから寝てていいよ。ゲームまだやるけど、ちゃんと電気も消してあげるから大丈夫だから」

聡が、リモコンのスイッチを押して電気を順番に暗くしていった。辺りが暗くなったことで少し気を張ったが、まだ大画面のテレビの明るさがリビングに広がって残っていたので、私はそれを頼りに、布団の中にするりと片肘をついて入り込んでいく。

「聡君、エアコンつけっぱなしだし風邪ひかないようにね」

「大丈夫だって、じゃあ、お休みね、朱美」

「うん。じゃあ、私先寝るね。ごめんね、ゲーム付き合えなくて」

私は聡とのあいだに、間を作りたくなかったので、自分から喋った。問題なく就寝したいが為に、気を使った言葉を定型文のようにさらさらっと言って今日一番喋っていた。

「いいって、いいって。気にしないで」

「ありがとう。今日は海、楽しかったね。聡君も、さらに日焼けしたみたいだし、顔真っ黒だもんね。ははは」

「うん、また行きたいよな〜、海。……今度は二人で行く……？」

「えっ、二人で⁉」

そう返事をした瞬間、聡の体はさっきまでソファーにいたはずなのに、私の布団のすぐそばまできていた。膝を付き、今にも布団を剥がそうとする上半身は、もう私の腕さえ掴む寸前の構えをしている。

「えっ……⁉　な、なに？」

「え、何って、いいだろ？」

聡は後ろに後退りする私にグイッと顔を近づけ、上布団を捲って中に入り込んできた。

「ちょ、ちょっと、待って！　嫌だって」

私は腕や肩を掴んでキスをしてこようとする聡の顔を何とか避けて抵抗した。まだ付き合ってもないし、ましてそんな雰囲気の仲にもなっていないはずなのに。微かに伝わってくる体温の熱さが気色悪く、肩がしびれあがる程の鳥肌が立つ。

「い、嫌っ！」

「いいじゃん、減るもんじゃないし。ヤラしてよ？」と聡は言いながら、布団の中で私を強引に押し倒し、片腕を掴んだまま勝ち誇ったように笑っていた。テレビの眩しい光と、真っ暗な闇色が聡の醜い姿を凄惨に照らし出して影を膨らましていく。

「いや、やめて！　本当に無理だし！」

嫌がる私に圧し掛かって胸を乱暴に揉みしだく聡はもう、いつもの聡ではなかった。

何の力も権限もないらしい私の声。嫌だ、嫌だ！　止めてと言っているのに。体中の血液が脳に集まって過去の記憶に様々飛んでいく。そんな中、心のどこかでずっと張りつめていたままの一線が、ブチっと切れ落ちていく感覚を一瞬覚えた。あの夜と、今を交錯する意識の中を激しくさ迷う。

「いや！　嫌だって言ってるじゃん！」

大きな声を出して体を跳ね上げたら、聡は少し怯み、その隙に、私は布団の外にはみ出て、すばやく立ち上がって衣服を整えた。

聡の方を威嚇して睨んだら、聡は少し正気に返ってバツの悪そうな顔をし、酷いニキビの顎の辺りを触っている。

「ちぇっ、なんだよ。シラケるな、由花ちゃんは明るくていい子なのに、朱美はいっつも何かノリ悪いよな。そのつもりで来てるんじゃなかったのかよ」

聡は、こちらを振り向こうともせず、ソファーに戻ってふて寝をし始めた。私はもう返す言葉さえなく、リビングの扉を静かに開け、急いで浴室へ向かった。ジャージから急いで私服に着替え荷物を鞄に突っ込み、由花の家から出ていく準備をし始める。もうこんな所にいられない。由花も康太も、聡も、私のことを何だと思っているのか。

リビングに戻って携帯電話を手に持ち、寝たふりをしているであろう聡に、私は構いもせず伝言を頼んだ。

「今からもう家に帰るから。由花や康太によろしく伝えておいて」

「はっ、何？　今帰らなくてもいいじゃん！」

聡はソファーから起き上がり驚いている。

「大丈夫、さっきのことは何にも言わないから。じゃあ、鍵だけかけておいてね」

「お、おい。ちょっと待てよ。さっきは、ごめんって！」

「止めても無駄だよ。じゃなきゃお母さんに電話するから！」

私は、けだるそうに後ろ首に手を当てて黙っている聡の姿を、もう二度と見ることもないだろうと思い、リビングを出ていった。

怒りで胸は大きく膨らんでいき、歩く速さも荷物の重さも分からない。由花の家から飛び出してみると、外はもうすっかり明るくなっていて、別世界のような空気が鳥の声とともに澄みきり渡っていた。

勢いで由花の家を出てきたけれど、あとで由花に怒って何を言われるのかわからないと想像すると、気が滅入ってくる。そんな時、鳴るはずのない早朝の時間帯に、携帯電話の着信バイブがポケットで鳴り響いた。早歩きを止め、ポケットから携帯電話を取り出して見ると、やはり、それは由花から。

聡が、五時前のこんな朝早くに、由花や康太を起こして、私のせいで困ってるんだというとでも言ったのだろうか。私は、薄っぺらいサンダルの鼻緒をじっと見詰めた。このまま朝早く帰って行っても、今度は母親も面倒なことを色々と詮索して聞いてくるに違いない。母親とのやり取り、由花達三人の私への批判などを想像していたら、自然と自分の家には足が向かなかった。改札口の看板、駅方面に向かう黄色い点字ブロックを辿り、いつの間にか自然に電車に乗ってしまっていた。

二　目覚め

見慣れない早朝の駅に到着し、重い荷物を肩にかけて一歩一歩ゆっくりと歩く。

通勤ラッシュの時間帯ではない為、人がまばらですれ違う人もわずか。大きな交差点のある大通りは静かで、まるでビルやデパートが白々しい明かりを背に、今か今かとラッシュの人混みを待っているようでもあった。

外の明かりが眩しくて、まともに目が開けられない。役に立つにはまだ早く、ボーっと突っ立っている一本の歩行者信号。私も同じようにボーっと突っ立って遠くから向き合う。黙って動かないでいても、額から汗がじんわりと出てきた。

喉の鈍い乾き。唾液の味もザラザラして気持ち悪い。胃の辺りをぐるぐるさすり、猫背になりながらも、信号が青になればまた前へと進む。どこをどう行きたいのかもわからぬまま、何本も中道を曲がっては、さ迷う。

とうとう、見たこともない薄汚い中路地あたりに入り込んでしまった。

赤や黄色の空き瓶箱や、蓋付きのゴミ箱。漢字やアルファベットの看板がひしめき合って、古く錆びた自転車と一緒に斜めに傾いて見える。煙草の吸殻が、お店の室外機や側溝近くに捨ててあって、急に不安になり、後ろの気配を気にしながら早歩きになって逃げる。突き当たり、道が少し開けて車が通れる位の場所までくると、灰色のシャッターの列がガタガタと壊れそうに並んでいた。テイクアウトOKやランチやってますの色褪せた赤白旗が、所々目立つ位置につき刺さっている。

〝最速、無料、案内、歓迎、サービス〟

油や酒のにおいが混じる汚れたアスファルト。どぶに似た悪臭も辺り一帯にしっかり滲み込んでいる。雑居ビルと住居付き店舗、電柱や電信柱に、まるで蜘蛛の巣が張られたように垂れ伸びる電線。散らばり荒らされたゴミ袋に群がるカラス。朝なのに、これから眠りにつくような薄暗く疲れた静けさが漂う。

放置された夜の影がまだ隠れている気配を感じ、グッと乾いた息をのむ。このまま、細い先の右路地を曲がっていくとどうなるか。私は立ち止まっていた足をジリッと後ろに引き、来た道を一目散になって逃げ戻ったのだった。

無事に、明るい大通りに出られた。駅の裏口にある、タクシーや一般車も停留する小さなロータリー付近にたどり着き、すがる思いでやっと硬いベンチに倒れ込んだ。息が切れ、体中から噴き出してくる汗が体力を奪う。

しばらくここに荷物を置いて、一時間だけでも休んで家へ帰ろうと決めた。空腹、喉の渇き、眠気、胃の気持ち悪さ。何もかもが嫌になってくる。宙ぶらりんのままの私。重い鞄を膝に置き、枕のように抱えて顔を隠す。その時、ピアスの片方が無いことに気づいた。由花の家の洗面台に忘れてきたのだ。私は横髪を後ろに払って鞄に顔をうずめなおした。大切にずっとつけていたのに、無くして、忘れて、今日で全部失ってしまった、宝物のピアス。

もう誰にも会いたくない。

どこにも居場所がない。何もかも、疲れてしまった。目を閉じていても滲んでくる涙。それを乾くまで肘に吸い込ませる。そんなグシャグシャな気分の時にも、ロータリーの向こうの方では、複数の男女が嬉しそうに騒ぐ声が聞こえてくる。何がキャーキャーあんなに嬉しいのか理解できない。男女で遊ぶことがそんなに楽しいのか？　みんなで騒げば楽しいことなのか？

私はどこからも消えてしまいたくなっていた。

「おーい、大丈夫？」

大人の男性の声が、そばで聞こえた気がした。

「きみ、大丈夫？」

変な人が、やはり声をかけてきたと気配を感じ、無視した。

「どこか体調でも悪いの？　君、大丈夫かい」

多分、先ほどロータリー辺りで車を止めて、可愛い声の女性と、別れのあいさつしていた、あの中年男性の声だ。車のエンジンをかけたまま、まだ車中にいる他の女性と何やら話をしに行ったようであったが、何故かまたすぐ男性だけこちらに戻ってきて、懲りもせずに話しかけてくる。

「おーい、どうしたの？」

私はそれでも、鞄を抱いて顔を隠したまま動かないでいた。そうしていれば、諦めて車の方へ帰っていくと思ったからだ。

ところが、その男性はあろうことか急に私のベンチの隣にきて、ドカッと座り込み、足を組んだ。目一杯腕を広げて背もたれに引っ付き、軽く貧乏ゆすりしたりしている。私は、体が若干硬直しながら寝たふりを続けた。しかし、その男性はあきらめず、車のエンジンもかかったまま携帯電話まで触り始めていた。

私は、その無駄ばかりが気になって、気になって仕方ない。

「荷物が多いね、どこか旅行でも行ってきたの？」と明け透けな口調で、様子をうかがってくる男性。フッと漂ってきたスパイシーな香りは鼻の奥に突き刺さり、怪しさを何倍にも増長させる。

　どうも、車に乗っている女性に身振り手振りでサインを送っている様子であった。早く、どこかに消えてほしい。しつこいし、早歩きで逃げようか、それともけいさ――。

「……君、足で犬の糞踏んでるよ……？」

「えっ⁉」

　思わず足を避けて立ち上がり、私はビックリして地面を見た。

「ははは、やっぱり起きてた！」

「ちょっと、リョウ！　変なこと言ってびっくりさせちゃ駄目でしょ！」

　車の助手席から降りた女性が、こちらに向かってきていた。

　私は、その女性と一瞬目が合って、動かないままゆっくりと会釈した。

「ほらもう、困っちゃってるじゃない、リョウが怪しいから！　ごめんね、大丈夫？」

「……いえ、大丈夫です」

「そう、それならよかった」

　その女性は私の方を見て優しく微笑んだまま、ふんわりと頬にかかっていた前髪を、そっと指で絡めていた。

　緩く波を打つ、ハニーブラウン色の長い髪は腰のくびれ辺りまで伸びていて、細いウエストから丸みのある太腿、しなやかなふくらはぎまでが、まるで一つの芸術作品のように優美な弧を描いている。私は大きく息をのみ、ゆらゆらと目を潤わせていた。

ロウソクのように透き通る肌の透明さ。まるで人間のものとは思えぬ程細い指。テンピュールみたいに、触れたらきっと柔らかそうな厚い唇には、色っぽい縦じわが何本も入っている。

目尻の方へ束なって、細く滑らかに流れていくアイラッシュは、澄んだ大きな黒目を奥に潜め隠し、まるで眠たげな表情をする美猫のような目元をしているのだった。

私は胸のざわめきを感じながらも、目の前にいる女性の鮮烈なオーラに引き込まれていた。

この一際目立つ清楚な女性は、バイト先や、もちろん学校、街中でも見たことないくらいに美しかった。

「あなた、お腹空いてない？」

そう言って、その女性は、少し前かがみになり、私の方へ近づいてきた。

「驚かせてしまったお詫びに、もしよかったら一緒にご飯でもと、思うんだけど、どうかな？」と、顎を引き、微かに首をかしげて尋ねてきている、目の前のいい匂いの女性は、絵でも写真でもない。

「私たち、これからご飯なの。あなたも一緒に行きましょう」

「は、はい！」

私は唐突に誘われたことには、さほど驚かなかった。

ただただ、目の前にいる女性と笑顔を交わしていられる時間が得られたと、喜び、体中が欲していた水分を瑞々しく満たされる思いでいたのだ。先ほどの空腹や喉の渇き、胃の痛さなどからすっかり解放された気持ちになり、朝日の光と、女性の匂いの心地良さで、胸がいっぱいになる。

「怪しいもんじゃないから安心して！　捕って食っちゃったりなんてしないからさ」

リョウという人が、エンジンをかけたままにしていた黒色の車の運転席側に手をかけて、既に乗ろうとしている。

「リョウが言うと、かえって怪しいわ。この子が怖がっちゃうからやめてくれない？　あっ、名前、名前はなんていうの？　私はセツナよ。どうぞよろしくね」

「あ、朱美です。セツナさん……ですか、綺麗な名前ですね」

「ありがとう。自分でも結構気に入ってるんだ。でも、朱美ちゃんって名前も素敵よ」

優しい目元はさらに細くなり、歯を見せずに微笑むふっくらとした唇は豊潤な美そのものであった。私は、セツナさんに惹きつけられるように車に向かい、ムスクの芳香剤が充満する薄暗い後部座席にドキッとしながらも乗り込んだ。

先ほどは、確か助手席に座っていたはずなのに、私の隣に寄り添って居てくれるセツナさんという女性。

ハート形に切り込みが入ったネックラインの、白いタイトなワンピース。浮き上がった鎖骨の中心には小さな十字架のネックレスが肌に張り付いて、きらりと光っていた。

クラシックなレースが袖口に飾られる鮮やかな水色のカーディガンと、耳元で涙型に光り輝くアクアマリンのピアスは、まるで秘境の海を漂う、光の色彩をイメージさせた。透き通る薄白い肌色は、近くで見れば見るほど冷たそうで、ふと何も考えずに触って見たくなるくらいに同じ人間の肌と思えない。足を組むしなやかなふくらはぎの先には、イエローゴールドの細いアンクルストラップが、華奢な足首を絞めつけていた。ピンヒールの長さは十cm程あるかもしれないが、先ほど一緒に立っていた時は、私より少し高いくらいの視線であったので、身長はきっと同じ位かもしれない。何より、同じ女性でもうっとりとしてしまう程の香りが先程から漂ってくる。デパートで嗅ぐような主張の強い臭いではない。白く咲く花の香りと、穏やかな海の透明感を、そのまま南風がゆったりと運び届けてくれるような、そんな健やかで優しい夏の匂いを纏《まと》っている。

私は、この外観も内観も真っ黒な車や、前に座っているリョウという人のキツイ見た目とは相反する、セツナさんという魅力的な女性の存在に、些細な違和感を持ったのだった。

　これが、セツナさんとの初めての出会いであった。


「朝に開いてるところが、あんまりないのよね。でも、今から行く食堂は、やってるのよ。とっても卵焼きが美味しいの」

　コインパーキングに停めて着いたのは、駅裏から少し離れた所にある、日永食堂というノスタルジックな佇まいのお店であった。

「ここはね、おもしろいの。営業時間が書いていなくて、休みの日も書かれていないの。朝とっても早くから開いているのに、夜が来る前には閉めちゃうのよ。一度、夕暮れ時に急いで来た時にはもう閉まっていたわ。そうかと思ったらこの間、朝の五時頃に行ったら、もうお店が開いていたのよ」

　上品な口調で、楽し気に話し続けるセツナさんは、早朝なのにとても軽快な足取りでお店に入って行こうとする。

「俺はここの人気ナンバーワンメニューのあさひ定食が好きなんだよな。新鮮な生卵に炊き立ての白飯、やけどするくらいのワカメの味噌汁っていうのが癖になるんだよな～」

「私は、断然卵焼き定食ね。とてもフワフワで美味しいし。最初、見た目で想像して、味は出し巻き系かなって思ったんだけど、意外と食べたら甘いのよ。多分サンドイッチにしても美味しいと思う」

二人の後ろ姿を見ながらお店にようやく入ると、ほとんどの席が埋め尽くされていて、活気にあふれていた。

「朱美ちゃんは何にする？　ほら、メニューの札あそこにかかってるわ。遠慮しないで好きなもの、好きなだけ食べてね」

木板のメニューの掛札には、お店の人が考えて付けたであろう名前の定食が、手書きで二十くらいあった。大きくまるまるとした黒字で、達筆にかかれている。とっても美味しそうに見えるからすごい。あさひ定食、やまもり定食、ゆうひ定食、アツアツ卵焼き定食。

私は、頭を軽く下げながら「私も、アツアツ卵焼き定食で」と、答える。セツナさんは三人分の注文をし、お水やおしぼりを丁寧に並べていっている。その柔らかい動きと、しとやかな笑顔をまじまじと見つめていたら、セツナさんと目が合い、少し恥ずかしくなってお辞儀してしまった。未だに今起こっている現実が理解できていない私は、いつの間にこんなところに来て座っているのだろうと、ただ視線を机に落とす。セツナさんやリョウさんは、どうして私に声をかけてくれたのだろうか。

「お待たせいたしました、アツアツ卵焼き定食とあさひ定食ですね」

目の前に来た黒いお膳を四角く寄せ合い、早速食べ始めることになる。リョウさんは何も言わず、コツンと音を立てて卵を割った。こんもりとした黄身を確かめ、慎重に、優しくご飯の真ん中にのせている。箸袋を渡してくれたセツナさんに頭を下げて少し戸惑う。

私は手を合わせて、小声で「いただきます」と言った。セツナさんはフッと微笑み、小さな両手を胸の前で合わせ、「いただきます」と言った。ピンとのびた指先が綺麗に揃っていたのを見て、私も真似してもう一度手を合わせた。黄色くつやつやした卵焼き。私が箸で分けて口に運ぶまでの最後を、セツナさんはずっと横から見届けている。食べた後の感想を用意して、深く頷こうとしていたが、これは本当に熱々フワフワで美味しい。

「とっても、美味しいです！　卵焼き」

「でしょ？　とっても美味しいでしょ。口に合ってよかった」

二人で口を隠しながら向き合い、卵焼きの一口ひとくちに喜んでいる姿を見て何か思ったのか、リョウさんが変てこな表情をしてセツナさんに質問をした。

「お前、朱美ちゃんと会うの、本当に初めてなの？　あそこで待ち合わせしてたとかじゃないんか？」

「いいの。そんなことよりリョウ、朱美ちゃんと私、今日一緒にマンションに戻って二人で寝るから。いいでしょ？」

「お、おう、いいよ？　別に。ただ、お前……」

「わかってるわ、そんなこと。朱美ちゃん、今日私の部屋に泊まりに来たら？　ベッドも広いし誰もいないから、ゆっくり休めるわよ」

「えっ、い、いいんですか？」

私は、何が何だかわからなかったが、セツナさんの深い黒目とキュッと上がった口角を見て興奮し、眠気が冷めた。

「きてきて、一緒に寝よう」

「は、はい！」

「そう、よかった」

セツナさんは優しい口調で言い、私の腕に軽く手を添えながら、体をゆるりと寄せてくる。またフワッととてもいい匂いがしてきて、そのまま目を閉じて寝てしまいたくなっていた。

「じゃあ、俺は行くわ。今日もお前五時から予約入ってるからな。頼むぞ」

「は～い、お疲れ様。帰り、気を付けてね」

「おう、お疲れさん。じゃあまたねー、朱美ちゃんお休み～」

車をまたすごいスピードで加速していったリョウさんの車は、混み始めていた大通りに突き刺さるようにして入って行き、あっという間に消えていった。セツナさんと私が下ろされたのは、また意外と駅から近くのところにある、立地のいい灰色の打ちっぱなしコンクリートの高層マンションの前だった。

「ほ、本当にいいんですか？」

私はオートロックの番号を押して扉を開こうとしているセツナさんに遠慮気味に尋ねた。

「遠慮しないで、ゆっくりしていって」

私は、何の返事もできずに会釈だけし、荷物を抱えてエレベーターに乗る。七階でゆっくり扉が開き、影の多い通路を歩いて行く。そして、鍵が二つないと開かない、頑丈な角部屋の玄関前に到着した。

「私の部屋は一番奥の部屋だから」

私は「はい、お邪魔します」と言い、いつの間にかセツナさんが用意してくれたスリッパに足を入れた。

隅に置かれたスリッパラックに収納されている、やけに多い数の左右セットと、傘立てに入ったままのビニール傘の異常な本数を見つめながら廊下をまっすぐ突き進んでいく。

広いリビングの隣にセツナさんの部屋はあった。外鍵付きの扉で、またカギを開けている。

そこを開くと私の六畳の部屋よりも綺麗なフローリングルームが広がり、南側のガラス扉にはリビングと同じ黒色の遮光カーテンが、引かれていた。そのせいで、朝日が入る時間帯でも部屋は真っ暗闇の個室だった。

「どうぞ、入って朱美ちゃん。荷物もそこらへんに適当に置いちゃって。今、スウェットか何か用意するから」

「だ、大丈夫です。ジャージがあるので」

「あら、そう？　じゃあ私も着替えちゃう」

セツナさんは重たそうな茶色い鞄を、部屋の半分は占めている大きなベッドの下にカチャっと置き、鏡台の明かりを両側に灯した。暗い部屋の中、ハニーブラウン色だと思っていた明るい髪色は、鏡台の明かりで一気に茶褐色に変わった。まるで高級な一枚板のような色と質感で、ニスが塗られているみたい。

「朱美ちゃん、後ろのジップを下ろしてくれないかな？」

「は、はい」

私は勢い余って声が上ずり、あわててセツナさんの背後にまわった。

「小さなホックを外して、ジップを途中まで下ろしてくれたら大丈夫だから、ごめんね。変なこと頼んじゃって」

「いえ、とんでもないです。できることなら」

セツナさんは、両手でゆっくり後ろ髪を伽分けて、キメの細い首筋の肌を露わにした。

一瞬ゾクッとするも、私はまじろがずに小さなホックに触れた。首筋から肩の付け根がまっすぐ滑り落ち、頸椎の真ん中の骨が浮き出て見えている。私は近くでにおいをかいだら、どんなにおいがするのだろうと思った。

ジップを慎重に下げていき、気づかれないように唾を飲んだ。白い首筋に細く光るイエローゴールドのネックレスチェーンの輝きは、余計と私の動揺を誘う。

「はい、ジップ、真ん中まで下ろしました」

「ありがとう、助かったわ」

指間に汗を掻き、額にも薄っすらと汗が滲んでいた。性別は同じで、異性ではない。私は、女の人にグッときてしまっていた。眠かったはずなのに、今、目が爛々としている。だが、そんな私の興奮冷めやらぬ間に、セツナさんはそのままジップを自分で下ろし、スルッとワンピースを足元まで落として下着姿をあらわにしてしまったのだった。

ハッと息をのむような姿を、惜しげもなく見せる大人の女性の体に釘付けになる。

それは、目が覚めるほどの強烈な赤色の下着だった。

小振りにおさまった胸が中心に寄せられて、谷間を作り盛り上がっている。細いウエストから、なだらかな丸みを帯びているサイドヒップを見ると、総レースの刺繍で仕立てられたショーツが絹のような肌を透けさせていた。

私は、先ほどのイメージとは全く異なる過激なセツナさんの装飾品のような肉体を見つめ、もう虜になってしまい、大きなため息を泣くようについていた。光沢のあるサーモンピンクのバスローブを羽織る白い美肌の体の最後までを見尽くしている。

「少し、待っててね、メイク落としてくるから」

私は妙な気持ちを抱えたまま、その間にささっとジャージに着替えて髪の毛を両手でグシャグシャにした。何て綺麗な人なのだろう。もしかして芸能人かモデルの人なのか。きっとそうだ。リョウさんは、セツナさんのマネージャーさんなのかもしれない。遠慮気味に部屋の辺りを見渡すと、この部屋も先ほどの車の中にいた時のような殺風景な空間だった。フローリングには大きなベッドが真ん中に置かれ、テレビもなく、女性らしい飾りも柄色ない。ただ、普通では買えなさそうな立派な鏡台と、そこに並んでいる数種類の化粧品、壁に幅広く張り付いたウォークインクローゼットがあるだけだった。

「朱美ちゃん、お待たせ。一緒に寝よう」

化粧を落として戻ってきたセツナさんは内側からまた鍵をかけた。

「い、いいんですか、セツナさん狭くなっちゃいませんか?」

「いいの、いいの。寝相は悪くないと思うから大丈夫よ。朱美ちゃん、きて」

慣れないベッドの上で手をつき、恐る恐る進んでいった。セツナさんはその間に、枕をひっくり返して綿の膨らみを戻している。

「エアコン寒くない？　枕は一つで足りる？」

ベッドの枕元には、長いピロークッションや四角いクッション、見たことのない高級そうな枕があり、パッと見ただけでも三、四種類の枕が無造作に置いてあった。

「気つかわないで。いつも一人で寝てるから逆に私は嬉しいわ、フフ」

そう言って、私の首元まで優しく布団をかけてくれるセツナさん。私は自然にセツナさんを見つめながら、ふかふかの枕に頭を預けていた。布団の中までいい匂いがする。先程のリョウさんはここでは寝ていないんだと、布に滲み込む匂いですぐに分かった。

「朱美ちゃん、ちゃんと眠れそう？」

「ありがとうございます。布団も枕もふかふかしてて気持ちいいです」

「フフ、良かった」

まだ出会ったばかりなのに、このセツナさんという女性は、私に対して底抜けに優しい。

「明日は夕方まで気にせず寝ていていいからね。私はいったん仕事で出ちゃうけど、ずっとここにいてくれてもいいから」

「あ、ありがとうございます……」

「じゃあ、電気消すね。お休みなさい」

「はい、おやすみなさい……」

なるべくベッドをきしませたくなくて、体をじっと動かさずに気を付ける。まるで二人乗りのボートを転覆させないように。不思議だ。私はいったいどこの家の天井を眺めているのだろう。もう一度隣にいるセツナさんの姿を見たくて、顔を傾けて見つめてみる。すると、暗闇の中でセツナさんもこちらを見つめてくれていた。

「セツナさん、私……今日、セツナさんに出会えてよかったです」

「フフフ、私も朱美ちゃんといれて嬉しい。……手、つないでもいい？」

「えっ？　も、もちろんです」

私は恥ずかしがることもなく、セツナさんにそのままの気持ちを伝えられていた。今まで、こんなふうに嬉しいことを素直に伝えられる感覚なんて持っていなかった。それに、私といて嬉しいなんて、そんな言葉、セツナさんに言われたら本気にしてしまいたくなる。

何だかくすぐったい気分。

「……セツナさんっていい匂いがしますね」

「そう？　ありがとう」

部屋が真っ暗なままバッと目が覚めた。

エアコンはガンガンに効いたまま、ふかふかの布団と毛布にくるまってぐっすり寝ている私とセツナさん。つないだ手は離れていても、体が触れ合ったまま重なっていた。鈍い目をこすり、扉の隙間から聞こえる音に耳を傾ける。誰かと電話をしながら、沢山の鍵を振り鳴らしているのは、リョウさんだった。

「――はい。うん、わかったよ。じゃあ、待ってるね～、は～い」

話す声が途切れたので通話が終わったように思えたが、またすぐに着信音が鳴り響く。

「はいっ、シャドウです。あっ、スギタ様ですね、いつもありがとうございます。ええ、……、ええ、はい――」

私は黙って耳を傾けたまま、目をつぶり、また寝ていこうとしていた。リョウさんは、セツナさんの家の鍵を持っている。やっぱり恋人同士なのか。今は仕事の電話だろう。シャドウ？　車道？　車のお店か何か。そうぼんやり考えていると、今度は急にインターホンが勢いよく鳴った。

「は～い、今開けるねぇ」と、リョウさんが、また玄関の方に行き、誰かを迎え入れているようだ。

「おはようございま〜す。ああ、もう疲れたぁ。暑いし。あれ、まだエアコン効いてないの？　マジでもう無理ぃ〜」

少し我が儘っぽい声をリビングに響かせている女の子は、ソファーにギシッと座り込んで、レジ袋の音をガサガサ立て、遠慮もなく鼻歌を歌い始めている。私は少し事情が分からなくなり、徐々に混乱し始めていた。いったい誰なんだろう？　リョウさんの妹？　それとも、セツナさんの妹か。

「アイラちゃん、冷たい飲み物でも飲む？」

「いらなぁい。さっき飲んだもん」

「そうだね。おっ、もうこんな時間だ。おーいっ、セツナー。もうそろそろ起きろよー？　時間だぞー？」

リョウさんが指の関節で扉を軽く二回叩いた。

「もう、三時半だぞー。セツナー。大丈夫かー」と、また抑揚なく扉の向こうから話し続け、セツナさんの応答を待っている。今が何時なのか全くわからない上に、混乱が続いている私はベッドに張り付いたまま、しどろもどろになっていた。

「んん……」とセツナさんが唸り、やっと目覚めたようだった。モゾッと反対側に寝返りを打ち、軽い咳をコホンコホンとした。

「んん。わかった……。四時までには準備する」と、眠そうに返事をするセツナさんはもう一度だけ空咳をし、だるそうに再びこちらに寝返りを打った。長い前髪と睫毛を艶やかにカールさせている、飛び切りの美人が横にいる。

「おはよ、昨日はゆっくり眠れた？」

「セツナさんおはようございます、昨日はゆっくり眠れました。ありがとうございます」

セツナさんとベッドで向き合っている距離が近くて、吐息の温かさが微かに伝わってくる。

「よかった。ゆっくり眠れたみたいで。……電気、少しだけつけるね」

セツナさんは枕元に置いてあったリモコンを探して手に取り、何度かボタンを押して一番弱い明るさに調節して電気をつけた。

「はあ、ひさしぶりにゆっくり眠れたわ。きっと朱美ちゃんがいてくれたおかげね」

セツナさんは、髪の毛を触りながらベッドを少し揺らし、ちょこんと膝を揃えて座った。上品なあくびをしているセツナさん。私は昨日、この女性に誘われて寝てしまっていた。

「朱美ちゃん、今日もここにいてくれるの？」

セツナさんはまだ寝起きの表情だったが、黒目はしっかりと冴えていた。

「特にバイト以外の予定はないです」

「じゃあ、またここに来てくれるの？」

セツナさんはパッと笑顔になり、目を輝かせたまま私の方に近づいてきた。

「は、はい。今日だとバイトが終わってからですが、……本当にいいんですか？」

「もちろんよ」

私は、何故かセツナさんと会うために、早く用事を済ませたいとばかり、自分の頭の中で段取りを立て始めていた。

「バイトが終わったら教えてね。迎えに行ける時に、どこかの駅か、場所を教えてくれたらバイト先までリョウの車で向かうから」

「え、私、でも、昨日もご馳走してもらったり、しかも一日泊まらせてもらってるのに、続けてだと迷惑なんじゃ――」

「あっ、私ったら馬鹿だわ。朱美ちゃんの連絡先もまだ聞いてないし、私の電話番号だって伝えてなかったわ」

セツナさんは、床に置いたままになっていた鞄の中から携帯電話を取り出し、充電し始めた。二人で登録している間も、リョウさんは焦らすような心配声で扉を叩いてくる。

「朱美ちゃん、ありがとう。私シャワー浴びてくるから。ちょっとだけ待っててね」と、セツナさんは着替えと鍵を持って出ていった。

「おいセツナ、急げよ」

「あっ、おはようございまーす」

セツナさんがまだ部屋の外鍵をかけている最中に、ソファーに座っているアイラという女の子が、半分以上は興味のない口調で適当な挨拶をした。リョウさんの声も低くてドライだ。こちら側からは見えていないが、きっと皆、顔は笑っていない。

「おはよう、アイラちゃん。今日は早いのね」

きっと、妹ではないのだろう。セツナさんの声は相変わらず優しかったのだが、やけに声の温度が感じられなかった。

「代表、お疲れ様。今からパパッと準備するんで、ちゃんと間に合いますから大丈夫です」

セツナさんは、リョウさんにまとめるようにしてそう言い残し、浴室の戸をパタンと閉めた。静かになった扉の向こうのリビングに気を使い、私は物音を立てないように帰る支度をし始める。

「ねえ、リョウさ～ぁん。今日私もう仕事したくない～」

「はあ？　困っちゃうよ、そんなこと言われても。アイラちゃん人気なんだから頑張ってくれないと、お店がダメになっちゃうよ」

「ええ～。でも、アイラ今日仕事もう一本済ましたんだよ、よくない？」

「ムリムリ、もう指名の電話かかってきてて、アイラちゃん出勤してますよ〜って、予約とっちゃったから」

「ええ！　だれ、だれ？　もうマジやだ〜」

「えっとね〜、いつものスギタさんだよ」

「もう本当に嫌！　あの人クサイんだもん！」

ずっと続いている二人の会話。私はアイラという女の子が、大きな声で話す内容を理解できるようで、全くよくわからなかった。仕事を一本済ましたというのは、何の営業の仕事か、それとも撮影とかの仕事なのか、聞いていてわからない。でも、指名で予約、スギタが臭い、というだけで嫌な気持ちがわかる気もする。いったい、どんな仕事なんだろう。モデルとかレースクイーン？　車雑誌の取材か。私は、リョウさんとアイラという女の子の話の続きを聞き耳立ててじっと待っていた。

「ね？　頑張ろう。アイラちゃん。そのかわりちゃんと寄りたいところ寄ってあげるから」

「もう、いつもそういってコンビニくらいしか寄ってくれないのに」

そう言いながらも、気分を害しているわけでもないアイラという女の子は、語尾を伸ばす話し方をやめ、落ち着いた様子でソファーに深く座り直していた。

「リビング温度低すぎるよ〜、寒い」

しばらくすると、セツナさんが部屋の鍵を回し戻ってきた。

「お待たせ。朱美ちゃん、そういえば今日バイトは何時から何時までなのかな？」

髪の毛が半乾きのまま戻ってきたセツナさんは、鏡台の前に座り、丁寧に美容液を髪の毛に浸していっている。

「えっと、五時から十時です」

「どこだっけ？」

「あの、川上大通りのところのファミリーレストランです」

「ああ、わかるわ。そこにいけばいいかな？」

「本当に迎えに来てくれるんですか？」

「もし時間がずれちゃった場合は電話するわ。絶対迎えに行くから待っていてね。約束ね」

セツナさんはドライヤーをかける前にこちらを振り返って、約束と言う言葉を強調した。

「約束、ですね……」

セツナさんから発せられた「約束ね」という言葉に妙な重みを感じ、舞い上がっていたら、たまたま手に持っていた携帯電話が光った。画面を見ると由花からの新着メッセージだった。昨日からずっと見ていなかったから、数件の新着メッセージがたまっている。おおよそ見当がついていたので、そのまま見ずに消そうとしたけど、この際一つ一つ確認して見ていくことにした。

最初のメッセージは、「今どこ？」という夜明け頃の質問から始まり、「急にいなくなるなんてありえない！」や、「何考えてるの？　勝手に出ていかないでよ！」などという怒りの内容ばかりだった。そして、段々、今の昼過ぎになってからでは単なる「ゴメンネ」や、「何か怒ってるの？　私が悪いんだったら謝るから」という、面倒くさそうで適当なメッセージを入れてきている。

私は、「何か怒らせたんなら謝るわ、ごめんね」という、由花の最新のメッセージに反応し、すかさず返信をした。

「私が何で怒ってるの？」と送ったら、すぐに「えっ、私に怒ってるんでしょ？　言いたいことがあるなら、はっきり言ってほしいんだ！」と由花はタッチの差でメッセージを返してきた。

私は返信をせず、しばらく黙った。どうやら聡は二人きりの時に起こったことを、由花に伝えてないらしい。もちろん、私が何も言わなくていいからとも言ったのだから、それはそうなるのだろう。別に、聡に対して、もう期待などしていなかった。ただ、由花から送られてきた、言いたいことがあるならハッキリ言えという傲慢な物の言い方に、沸々と怒りが込み上げてきた。いつも、どんな時も由花の勝手都合に散々付き合ってきたのに、自分のことを棚に上げて偉そうにする由花の言い分には、もうこれ以上飲み込まれたくなかった。

「由花がわからないんだったら、それでいいから」と、私は昨夜のこと、聡のこと、由花の今のメッセージのことも全部ひっくるめて面倒になり、このメールのやりとりを最後に、全て終わらせようと思った。これでもう、由花との仲が悪くなってもどうでもいいと思った。

「はっ？　由花がわからないんだったらって、だから聞いてるんじゃん！」と、由花がそう言っている顔が、今、目の前に浮かび上がって出てくるような文句が来る。

「もういい。二度と連絡してこないで！」

私は、やはり自分は悪くないのだと確信し、黙って指を動かして、息巻いた。はじめて由花と喧嘩した。今まで溜まっていた不満を無言で吐き出せて、清々とした気分にもなっている。きっと、私の我慢と妥協、「いいよ」という言葉だけで由花はずっと楽をしてきたに違いない。なのに、彼氏が大事だからと言って、私を蔑《ないがし》ろにするのは当たり前になっているのだから勝手にも程がある。由花は、せいぜい今まで自分の好き勝手我が儘に振舞ってきたことを後悔すればいいのだ。親指を動かし憤慨しながら、乱暴に画面を送っていくと、最後の方にあった聡からの受信メッセージを見つけて、とりあえず目を通していった。

やはり、どうにもならない謝罪と、昨日は私への好意からの失態だったという言い訳がましい文面が長々と続いていた。私は感情的にならず、聡にもメッセージを送った。

「ごめんなさい。二度と連絡してこないで下さい」と綺麗さっぱり丁寧に。

「朱美ちゃん、ジップを上げてくれるかな?」

私がくだらないメールをしていた間に化粧し終わっていたセツナさん。ベージュのタイトなワンピースを着て、背中を広げて待っていた。

「はい、わかりました」と慌てて立ち上がった足はとても軽かった。丁寧にジップを上げていって、小さなホックを少し慣れた指でひっかける。この時、あの探し求めていた匂いが爽やかに漂い、硬くなっていた心を解放させた。洋ナシやマスカットの瑞々しい香りが表にたち、微かに匂う白い花の香りや、バニラのまったりとした甘さはどこか優しく秘密めいている。香りの先を感じるほどに淡い色に酔ってしまいそうになった。

「セツナさんのこの匂いって香水ですか?」

「そうよ。昔からこの匂いって決めてるの」

透明のクリスタルガラスのようにカット面が眩しく反射する角瓶を見せてくれた。この微々たる水量に香りの謎が全て詰め込まれているかと思うと、自然と目を奪われて息をのんでいた。

「ありがとう、朱美ちゃん。助かるわ」

「いえ……、とんでもないです」

ジップを上げ、ホックを留めただけなのに、何か難しい問題の答えが解けたかのように、この時、ホッとしていた。

鍵を回し、扉開けたセツナさんは「準備できました。お願いします」と、リョウさんに伝えた。

「じゃあ、アイラちゃん待っててね、セツナ送ってくるから」と、リョウさんは待ってましたとばかりにテーブルに缶コーヒーを置き、車のキーケースとセカンドバッグの中身を確認しながら廊下を先に歩いて行く。セツナさんに手を引かれながら、ソファー前を通り過ぎていこうとした時、アイラと言う人は、あまり驚いた顔もせずにこちらを見ていた。

私は、アイラと言う人のまるでお人形のような真ん丸な目を見つめながら軽く頭を下げた。

「朱美ちゃん、どこで降ろせばいい？」

リョウさんは車のエンジンをかけ、ミラー越しに淡々と聞いてくる。

「えっと、昨日の川上駅までお願いします」

「OK、了解」と言うと、飛ばし気味の速度でハンドルを握るリョウさんは、セツナさんとは、エレベーターからここまで、ひとことも会話を交わしていない。

「じゃあ、朱美ちゃんここでいい？」

距離も近かったので、あっという間に昨日の駅のロータリー横に停車してくれた。

「あ、ありがとうございました」

私は車の扉を開けながら、リョウさんに向かって挨拶をした。

「じゃあ、気を付けて帰るんだよ」と言い、仕事の顔に切り替わっている顔つきのリョウさんは、こちらに軽く手を振ってから、またすぐにサイドミラーを用心深く見つめていた。

「セツナさん、色々ありがとうございました」

「朱美ちゃん、じゃあ今日電話するね。アルバイト頑張ってね」と、セツナさんはウインドウを開けて最後まで優しく手を振ってくれている。なんて、綺麗で優しい人なのだろう。

私もセツナさんの乗る車が見えなくなるまで、立ち止まったまま見送っていた。

約二日ぶりに帰ってきた自宅の扉の鍵を開ける。パートに行っているだろう母親は、やはり夕方前には家にいなかった。

いつものシンとした、狭い玄関と台所、干しっぱなしの洗濯物、テーブルにはお決まりのあられやせんべいと、リモコンが同じ位置に置かれている。そして凹んだ空き缶が大量に入った透明のごみ袋が満タンに溜まっていた。

今日は溜息をつくのを止めようと思った。何も変わらないのだから。私は先ほどまで一緒にいたセツナさんと言う女性を思い出し、携帯電話を取り出して、「セツナさん」の登録済みのメモリを改めて検索した。

全て夢ではなかった。

セツナさんに会える時間が待ち遠しい。

いつも以上にテキパキと仕事をこなし、時計を頻繁にチェックしながら一喜一憂してばかりいた。週末で忙しいファミリーレストランの夜。足もクタクタで、やっと十時が過ぎてバイトが終わる。急いで私服に着替えて携帯電話を確認する。だが、セツナさんからの連絡は何も来ていない。多分まだ仕事が終わっていないのだろう。ただ、どうでもいい母親からはひさしぶりに短いメッセージが届いていた。全く想像していた通りの内容だったので、私は画面を見ながら鼻に残っていた空気を出して笑った。

「泊まりね、わかった。相手方の迷惑にならないように。あと、二十六日にはエアコン代よろしく」という、本当によくわかる内容。私は「お金ちゃんと渡すし、大丈夫だよ」とだけ返信をし、携帯電話をポケットにしまって従業員用出入り口から外へ出た。大通りを行きかう車の一台一台のヘッドライトの色や明かりを、目で追いかけ、リョウさんの車をせわしなく探す。

しばらく駐車場の脇で立って待っていたら、手で隠し覆う程眩しい白色ＬＥＤのヘッドライトが、特別私の姿だけをハイビームで照らした。一度だけパッシングをして、車体をグイッと横に付け、勢いよく止まる。もちろん、リョウさんの黒い車であった。

パワーウインドウを下ろし、笑顔のセツナさんが手招きしてくれている。私は、走り寄っていって、リョウさんの方に頭を下げながら、後部座席のドアに指をかけた。

「こんばんは。何かすみません、迎えに来てもらってしまって」

私は、リョウさんの方に再度お辞儀をした。夜にバス以外の車に乗り込むことは初めてで、胸が変にドキドキしてしまっている。

「朱美ちゃん、乗って、乗って」

「ありがとうございます」

セツナさんの隣に寄って座り込み、私は少し緊張しながら昨日より少し重い鞄を抱える。

「朱美ちゃん、バイトお疲れ様。今から事務所に戻るから、しばらく一緒にいられるわ」

「事務所って昨日のマンションですか？」

「そうよ、私の家だけど、リョウが事務所にも使っているのよ」

「そ、そうなんですか。仕事場に私がいてもいいんですか？」

「気にしないでいいの、朱美ちゃんは私が誘って呼んだんだから。週末は他に女の子が待機しているかもしれないけど、みんないい子たちばかりだし、自分の好きなことしてるから、かまわないでいいわよ」

「おい。セツナ、もしお前仕事入ったらどうすんだ？　普通に入れるぞ？」

「うん、わかってる。でも新規は他の子に回してあげて」

「お前、仕事は仕事だぞ？」

「だから、わかってるって」

リョウさんはミラーも覗かず、まっすぐ前を向いたまま不機嫌そうにして、ハンドルを握っていた。お互いに何かもの言いたげな間を完全に作り上げている。私はリョウさんの車の運転に少しヒヤヒヤしながら、借りてきた猫のように動かないでいた。カーブで加速する荒いハンドリングにも必死に体を傾けず、肩や腰で踏ん張って平気なふりをする。セツナさんはそんな私に気づいてか、こちらを向いて、何も言わずに顔の前で手を合わせ、気まずそうに謝っていた。

「そういえば朱美ちゃんってさ、今いくつ？」

リョウさんが、車内の空気を入れ変えるようにしてウインドウを開け、一服し始めながらミラー越しに質問してきた。

「えっと、今年で十七才です」

「そうか、若いなあ。十七才だってよセッナ」

「なんでわたしに言うのよ、どうせ私は二十九のオバサンです」

セツナさんは口をとがらせ、冗談半分にツンとして、笑いを誘うように拗ねて見せた。

「十七才か、っていうことは高校二年生？」

「はい」

「……ふ～ん」

話はそこで終わり。後部座席に、車の切る風だけがどんどん送り込まれてくる。リョウさんは、優しい人なのか怖い人なのか、いまいちよくわからない、油断のならない男の人だった。年齢は三十代か、否、四十代にも見えるのでよくわからない。スパイシーな香水は相変わらずキツく、髪型は若干長髪でストレートの前髪が特徴的だった。車の運転中、ミラーに映し出されている鋭い目つきは、眼鏡をかけていても分かる程で、セツナさんにしゃべる時の口調と、アイラという人や私に話すときの口調とでは、かなりのトーンの違いがあった。

「なるべくお前もリビングで待機してろよ。めんどいから。とくに朱美ちゃんもいるんだしな。朱美ちゃん、誰かに年齢聞かれたら一応十八歳って言ってくれな」と言われたので

「は、はいわかりました」と答えた。セツナさんも、少し黙っていたが小さな声で分かったと言い、不服そうな顔をして携帯電話を触っていた。

「セツナさん、他に誰かいるんですね。私、ちょっと緊張してきました」

「安心して、大丈夫よ。なかにはちょっと変わった子もいるけど、私が一緒だし、だいたいみんないい子だから」

　私は、だいたいみんないい子よ、という雰囲気はなんとなくわかったのだが、そのちょっと変わった子の方は、全く想像がつかずに不安になった。

「セツナさん、仕事はいつ終わるんですか？　また行っちゃうんですか？」

「そうね」と、セツナさんが何か言いかけたところでマンションの横に車が到着し、私たちが先に下ろされた。外は相変わらず暑く、車内で涼んでいた時の肌や衣服を一瞬であたためた。昼間の炎天と、あちこちにある室外機の熱風が街全体にこもっていて、真夏の夜をより一層、不快に感じさせる。私は、乾いていた喉を思い出し、ゴクリと息をのんだ。

　玄関に入ると、厚底のパンプスと、サンダルミュールが乱雑に脱がれていた。ガンガンに効いているエアコンと、数が減っているスリッパを見て、若干ためらう。セツナさんはいつもの日課のように、みんなの靴を反対向きに揃え、きちんと並べていっている。

「ああ、セツナさんだぁ。お疲れ様で～す」

リビングの扉を開けると、ソファーには、アイラという人もいたが、もちろん見たこともない人がその他に二人もいて、即座にセッナさんを見て挨拶をしていた。

「あれぇ、セツナさん、その子新人さん？」

「いいえ。この子は朱美ちゃんっていうのよ」

「へえ〜、朱美ちゃん。よろしくねぇ」

「は、はい。よろしくお願いします」

「まだ、若いよね？　可愛いねぇ。大丈夫だよ、そんな緊張しなくったって。ここは、みんな自由にのんびり過ごしてるから」

　ソファーで足を組んだまま栄養ドリンクの瓶を手に持つ女性は、とろんとした大きな目をしてゆっくりとした口調で言った。こちらの目が覚めるほどの明るい髪色に、白いTシャツとピンク色のミニスカート。足を組んでいる片方の太もも裏の隙間からはスレスレのたわんだ輪郭が見えていた。ゆっくりとした話し方とはかなりのギャップを感じさせる過激な肌の露出とメイクに、私は目のやり場に困ってセツナさんの顔を横目でじっと見つめる。

「朱美ちゃん、この子はミオちゃんっていうの。ミオちゃんもまだ二十歳になったばかり。私はこのお店では一番のおばさんね」

「オバサンなんてそんなぁ。セツナさんむちゃキレイだし、このお店では断トツの人気ナンバーワンじゃないですか。すごいんですよ～？　セツナさんって。ナンバーワンなのにお店の主任さんもやってるんだから」

「セツナさん、主任ってすごいですね！　ナンバーワンって……」

「いいえ、何にもすごくないわ。部屋の掃除とか、色々雑用をするくらいよ」

セツナさんは謙遜している口調でそう言った。

「セツナさん、主任っていうと嫌がるから、みんなセツナさんって、名前で呼んでるのよ」

こちらがゆっくりと相槌を打たなくてはいけないくらい、のんびりと話すミオさんは嬉しそうに話をつづける。

「指名ばかりでセツナさんに会いたくて予約待ちの人までいるし、一日借り切っちゃう人もいるのよ。だから、こうやって待機室で待ってても、なかなか会えないの」

「おーい、アイラちゃんとセツナ、リンちゃんも仕事入ったぞ」

遅れて入ってきたリョウさんが携帯を触りながら玄関先で立ち止まって呼んでいる。

「ミオちゃんも仕事入ったけど、ルートが違うから、もう一台、戻ってくるの待っててね」

「は～い」と、ミオさんが、まっすぐ伸ばした手を挙げて張り切って返事をし、「イエイ、仕事だ！」と、ガッツポーズをしている。

　アイラちゃんも、小声で「は〜い」とだけ言い、先ほどまでセットしていた長い巻髪に区切りをつけ、ソファーからサッと立ち上がった。ピンクのフリルワンピースには、ウエストをキュッと絞るリボンが結ばれていて、まるでその姿はプレゼント用にラッピングされたお人形のようだった。誰かの反応を待つこともせず、まっすぐ先頭を行く内股気味の細いO脚は、スリッパと地面を捻るようにして闊歩《かっぽ》していく。私の気のせいだろうか。巻かれている毛先をしきりに指先でいじり、軽い鼻歌を歌いながら、セツナさんと私の前をゆっくり通っていく時、アイラという人は、声には決してできない程の小さな鼻息をフッと出し、薄笑いして過ぎ去っていったのだった。

「朱美ちゃんごめんね、仕事が入っちゃったから帰って来るのが遅いかも。待っててね」

「朱美ちゃーん、ここに座りなよぉ〜」

　私がセツナさんと話をしていると、誰も座っていないソファーに寝転んでいたミオさんが、ミニスカートの中身を筒抜けに見せて声をかけてきた。

「朱美ちゃん、ミオちゃんいい子だから一緒に待っててくれる？　ミオちゃん、朱美ちゃんを頼むわね」

「はぁ〜い」と、返事し、ちょこんと座り直して手を振るミオさんに、セツナさんは私のことを固く頼む顔をして振り返っている。

「セツナさん、いってらっしゃい」

私はソファーに座らぬまま、部屋を出ていくセツナさんを最後まで見送っていた。閉じた扉を見つめながらただ立ち尽くしている。

少し離れた所で座っているミオさんは、生足の太腿に鞄を載せてゴソゴソ触りながら、嬉しそうな笑みを浮かべていた。いつまでたっても、鞄に手を入れながら「あれ～？」と言って探しているミオさんの隣に、恐る恐る近寄って行く。

「朱美ちゃーん、これ食べる～？」

「あ、あった、これ食べる？」と、大切そうに手の平にのせて差し出してきたものは、とても辛いミントのタブレット入りケースだった。私はあまり得意ではなかったが、一個だけと言い、何となく両手で皿を作り受け取る。丁寧に、そして一つだけ取り出せるように、何度もやり直して、ぎこちなくケースを振るミオさんは真剣な顔をしている。

「はい、どうぞ」

「ありがとうございます」

ミオさんはやっと一つだけ取り出せたことで満面の笑みを浮かべていた。そして、すぐにそのケースを鞄の真ん中にまたポイっと放り込んでいた。私はミオさんのペースを守り、じっと前を見て大人しくする。

「うちのお店ね、大きくないけど、わりと人気店なんだよ？　バックもいいし、がんばれば、しっかりお金稼げるし。もちろんセツナさんが一番すごいのよ。でも、最近入ってきた新人のアイラちゃんも、まだ入店してから二カ月もたたないのに、たくさん指名とか、予約も入ってきてるから、すぐにナンバーツゥまでいっちゃうかもねぇ」

「そうなんですか。お金沢山稼げるんですね」

私は、それとなくミオさんに尋ねていく。

「最近はヒマな日も多かったよぉ。それでも週末とか忙しい日だったら六万くらいは稼げるしぃ。本当は家賃とか色々支払いがあるから、今日は、あと二本はつきたいんだよなぁ」

「す、すごいですね。一日で、ろ、六万？　いっぱい稼いだら、何か買うんですか？　貯金するんですか？」と、思わず夢中で質問攻めしてしまうも、私はミオさんの抱える大きなバッグに目がいっていた。持ち手の合皮が擦れ、何か所かめくれかかっていた、二年前に流行ったデザインの本革調の赤いバッグ。

「そんな、すごくないよぉ。十万くらい余裕で稼いじゃう子もいるからさ〜。朱美ちゃんだって絶対稼げるよ！　私ね？　服が好きなの。可愛いデザインのものがあると、つい買っちゃうのよね。でもね！　それでね、聞いて？　ひどいの。たくさん服買ったりするとさ、彼氏がすごく怒るの。『お前がお金持ってると、無駄遣いするから、俺が全部管理しといてやる』っていうのよ、ホントにぃ」

「えっ。それって、大丈夫なんですか?」

「ん〜。付き合い長いしねぇ。まあ、結婚資金をためといてやるって言ってくれてるから、安心はしてるんだけどね〜。私、自分で貯金とかできないからさぁ、フフフフフ」

私は黒目をぐるりと一周させて元に戻した。

ミオさんは彼氏の話になったら夢中になって携帯電話を触り始めた。あどけない顔で微笑みながら、大切そうに何枚も彼氏の画像を開けて私に見せてくる。トロンとした大きな目がそのまま溶け落ちていきそうだ。嬉しそうな顔をするミオさんは、きっと彼氏のことが本当に好きで、とても大切なんだろう。

「朱美ちゃんは、そういえばさ、今日はとりあえず、イチタイなの?」

「い、イチタイ?」

「あれぇ?　今日は面接だけだったの〜?」

「イチタイって、何ですか?　め、面接?」

ミオさんは、一瞬口に手を当てて眉をひょんと上げ、「ごめんね〜、私、なにか違ったのねぇ」と言った。

「えっ、な、何がでしたか?」

「いいのいいの、何か言ったらセツナさんに怒られちゃうかもしれない、何も聞かなかったことにしてねぇ〜」と、ミオさんは困った様子で笑顔を取り繕い、先ほどまで見ていた雑誌の中開き部分を手にして元通りに足を組んでいる。せっかく途中まで見ていたページだろうに、パラパラとめくっていって、また最初のページに焦って戻っていた。これ以上はミオさんに質問をして困らせても駄目だと、もう色々と聞くことを止めた。

しばらく続く沈黙には触れず、ソファーにただ黙って座り、冷たそうなガラステーブルの下を見つめる。ソファーで寝ころび、きわどい角度に合わせて何枚も自分の姿を撮っている無防備なミオさん。それを横目で見ながら、私は黙ってセツナさんの帰りを待つことにする。

廊下の西側にある一室の電話が度々なり、そして消える。やはりとても忙しい事務所のようで、セツナさんの帰りが遅いのだろうと、この時おおよそ見当が付き始めていた。ミオさんも、迎えの男性が玄関まで来たらしく、手を振ってついに行ってしまった。

玄関の扉がガチャンと施錠され、固く閉じられた密閉空間。部屋を冷やし続けるエアコンと、異様に目立つ灰色の大きな冷蔵庫。その横には、無機質なデジタル時計が影と一緒になって、ひっそりと掛かっており、より陰気さを増している。目の前の色を奪われていく感覚に陥りそうになり、どんどん気力が消えていく。

セツナさんに手を振り、ミオさんに手を振り、一時間、そして二時間半も経ち、起きて待っているつもりだったはずの私も、とうとう疲れてソファーに横になり、寝てしまっていたのだった。

いったい、今が何時なのか分からない時に、ふと目が覚めた。リビングの蛍光灯は脱力感を与え続けるように部屋全体を照らし続け、直接届くエアコンの風はひどく体温を奪っていた。目が覚めたのはそのせいかもしれない。ソファーの下に置いてある自由貸し出し用のブランケットを、寝ぼけながら手にして目を開けた時には、もう部屋には何の音も、気配も感じられなかった。デジタル時計の数字は、五時二十三分。ぶ厚い黒いカーテンの微かな隙間からも、既に明るい朝日が漏れている。

そういえば、昨日の夜から今まで何も飲んでいない。喉の渇きをどう潤そうか戸惑い始め、部屋のまわりを見渡す。誰もいない部屋からは出られないし、鞄の中を探してみてもペットボトルはない。目がだんだんと冴えてきて、おもむろに携帯電話を手に取り、セツナさんから何か連絡がないか確認しようとした、ちょうどその時だった。扉の向こうでカギを開ける音が聞こえた。

「朱美ちゃんただいま！　もしかして起きてたの？　ごめんね、遅くなっちゃって」

　セツナさんは走り寄ってきて私の首に腕を絡めて抱きついてきた。いつも、ふんわりと漂ってくる優しい香りはなくなっていて、長時間のハードな仕事のせいか、衣服や長い髪の毛に染み付いた色々な臭いが湿り気を帯びながら私の鼻を掠《かす》めた。

「セツナさん、お帰りなさい」と、私はセツナさんの腕に触れながら後ろを振り返り、ぼんやりと見つめる。リョウさんは、玄関先で何やら知らない男性とやり取りをしていて、ミオさんや、他の女の子を送っていく段取りを立てていた。

「おい、セツナ。俺もアイラとリンちゃん送ってそのまま帰るからな。お疲れさんな！」

「は～い、わかったわ。明日は私、休みだから絶対仕事入れないでよ」

「わかってるって、ゆっくり休めよ！」

　バタンと、扉は閉まり、また部屋が静まり返った。セツナさんは横に置いてあったコンビニの袋からペットボトルのお茶やミルクティー、うずまきデニッシュやアルフォートを順番に取り出してテーブルに並べていった。

「朱美ちゃん、どれがいい？」

「えっ、ありがとうございます。喉が渇いてたんで、凄く嬉しいです。えっとお金を……」

「いいのよ、そんなこと気にしないで。好きなものちゃんとあったかな？」

「ビックリです。好きなものばっかりです」

私はミルクティーを手に取り、「いただきます」と言って口にした。久しぶりのミルクティーは、特別に甘くて美味しかった。

「セツナさんは、何か飲まないんですか？」

「あ、そうね……。お茶でも飲もうかな」

セツナさんは、少し乱れていた横髪を後ろにまとめ、細い指で手早くケースから一本取り出すと、丁寧にカチッと火をつけたのだった。肺の奥にまで吸い込んで入れるように息を止め、ついにそのまま煙を飲み込んでしまった。

「……お疲れ様です。もう寝ますか？」

「大丈夫よ、ありがとう。起きてからシャワー浴びるから。それより朱美ちゃん、今日は私休みだから夜から遊びに行かない？」

遊びに行かない？　と、また一口吸いながら誘うセツナさんの厚い唇は、丸く膨らんだ花の蕾のようだった。一瞬、揺れたネックレスの薄い十字架がキラリと妖しく光る。灰皿に視線を落とし、唇を結んだ小さな隙間から、ふうっと白い煙を出してくゆらせている。

白い煙が漂う冷たい静かな空間。

「ごめんね、滅多に吸わないのよ。週末の仕事終わりに一本だけ吸うのが何か日課になっちゃってね」と、セツナさんは、横に吹き出した煙を遠慮気味に手で払っている。

「大丈夫です。セツナさん今日休みなんですね。私も今日はバイト休みなので、一緒に遊びに行きたいです。何時からでも大丈夫です」

「私、あんまり眠くないの……。最近不眠気味で……、どうしようかな」

セツナさんは虚ろな顔をして、落ちかけていた灰を灰皿の方に軽く弾きながら、ソファーの背もたれの方へうな垂れた。

「私もさっきまで寝ちゃってたんで、セツナさんが眠たくなるまで一緒に起きてられます」

「えっ、そうなんだ。じゃあさ、二人で今からどっか行こうか?」そういうと、セツナさんは火を消し、数ある中からアルフォートの箱に手を伸ばしていた。嬉しそうな顔をして一個取り出し、パッと口の中に入れている。

「はい、行きたいです」

「じゃあ、シャワーして、服着替えて行こっか」と、セツナさんはニコリとして言い、背伸びしている。私は、セツナさんに頼まれる前に、長い後ろ髪を左右によけてホックを外した。あとはジップを途中まで下ろすだけ。

「ありがとう、朱美ちゃん」

セツナさんの優しい声は少しかすれていた。

外に出ると陽の光が眩しく目に刺さる。まだ十時にもなっていないのに足の裏がじりじりと熱くなってくるのを感じる。半袖のTシャツを着るセツナさんは、熱苦しい汗とは程遠い白い肌をさらさらと見せていた。顔がほとんど隠れていても、捲れ上がって膨らんでいるセクシーな口元と細い鼻筋がこじんまりとたたずんでいて、美人なのは一目瞭然であった。セツナさんは、大通りに向かって細い腕を上げて、前から来るタクシーを止めた。

私は最寄りの駅まで歩くか、もしくはバスを使うと思っていたので少し驚き、慣れないタクシーの快適さに緊張していた。

「朱美ちゃんどこに行きたい？」

「えっ、私ですか？」

「そう、朱美ちゃんの行きたい所に行こう」

私は、使えるお金の残りを頭で考え、「一緒に海、見に行きませんか？」と言った。サングラスで表情が隠れていても、この時セツナさんが驚いた様子がうかがえた。

「海か……。私、海なんてずっと行ってないな。朱美ちゃんが言うなら、よし、行こうか」

と、セツナさんは躊躇《ちゅうちょ》していたにも関わらず、一呼吸置いたらすぐに快諾してくれた。

特急列車ではなく普通列車を選び、今日は私がセツナさんの前を歩いて車両の中へ入って進んでいった。まだ、ガランとした見慣れない車両内にはポツリポツリとだけ、もちろん、どこの駅で降りるのか分からない人が声も音もたてずに座っている。一席、また一列、順番に通り過ぎて見ていくと、全く別の世界に住んでいる人ばかりの顔が大人しく並んでいる。当たり前の光景が不思議な気持ちにさせる。私は先頭車両の誰もいない空間を見つけ、セツナさんとようやく狭いシートに連なって座った。セツナさんはサングラスを上にずらし、天井やつり革、吊り下げられた広告紙などを、目を輝かせながら眺めている。座席シートの表面を擦ったり、今いる先頭車両から最後尾の車両内の奥の方まで、珍しそうに隅々覗き込んでいる。長閑《のどか》な普通列車の発車前、三日前の特急列車とは全く違うアナウンスに、開けっ放しの扉。電車内の涼しい冷風と、外から流れ込んでくる熱気とが入り混じって、二重、三重に混ざる風になって漂っているように思えた。

出発の合図の笛が鳴り、自動で扉が閉じる瞬間にベルが〝チン、チンッ〟と遠慮気味に響く。ゆっくりとした加速度で発車するアナログ様式みたいな普通列車に、どこか癒されている自分がいる。ふと横を見ると、セツナさんは窓枠に肘を置いて、頬杖をついていた。いつの間にか、電車に揺られながら自然に顔を傾けて、静かに眠っていくセツナさん。サングラスが元に戻り、まっすぐ鼻にかかっている。心地いい列車音を聴いて揺られながら、私はそれを、大切に見守っていた。きっと、不眠症気味だと言ってはいても、本当は疲れていて眠かったに違いないのだから。

雲で霞む薄明るい青空。海の水面に何層にも折り重ねて見える白いさざ波は、太陽の光を集めて輝いていた。

遠くを見渡せば、また灰色のような銀色のような厚い布を敷き詰めた海の絨毯がどこまでも広がっている。私は、一度に二つの美しい海の顔を見た気がした。

海岸沿いにある高級そうなオープンカフェに入り、セツナさんは帽子やサングラスを取って気持ちよさそうに羽を伸ばしている。

三日前と同じ海水浴場に来ているのに、今日は世界が全く違っていて全てが輝いて見えた。

私は、経験したことのない南国のリゾート気分を味わいながら、最前列の真っ白なテラス席にセツナさんと座って、ソワソワしながら眩しい景色を眺めていた。

「朱美ちゃん、何が食べたい？　何でも好きなもの頼んでね。お姉さんにまかせなさい」

私は、メニュー表の値段を順に目で追うことを止め、慌てて膝の上に手を重ねて照れ笑いした。セツナさんはウェイターにおすすめを聞き、何品かオーダーする前に、私に飲み物を聞いてきた。

「ノンアルコールのカクテルがあるけど、何がいい？　朱美ちゃん。オレンジベースに、パイナップルベース、ココナッツもあるわよ」

「ええっと、オレンジもいいし、パインもいいなぁ、どうしよう」

「わかったわ、まかせて」

「すみません、ドリンクはシンデレラと、ヴァージンモヒートをください」

オーダーをスラスラしているセツナさんは、とてもスマートで恰好良かった。

しばらくすると、彩り鮮やかな二色のカクテルグラスが白いテーブルについた。丸いガラスのプールに、オレンジジュースがたっぷり溶け込み浸かっているシンデレラ。氷結した透明空間に、清々しい新緑が閉じ込められているバージンモヒート。私は思わず「わっ」と驚き、つい携帯電話を取り出そうとしたが、セツナさんが写真を撮ったりしていないので、しきりなおすように姿勢を正した。

「乾杯しようか、朱美ちゃん」とセツナさんはグラスを上げた。私は、乾杯などしたことがほとんどなかったので、動作がぎこちなくなってしまい、ついカクテルをこぼしそうになってしまった。

「どこを持てばいいんですか？」

「そのステムの部分でも、どこでも大丈夫よ」

分からないことばかりで恥ずかしいけれど、セツナさんはリードして微笑んでくれている。

「乾杯」と言い、控えめにグラスに口を付けると、とても美味しいジュースだった。ノンアルコールカクテルは初めてだったので、味わい方がわからない。それでも良く分かったのは、オレンジジュースもパイナップルジュースも一緒に入っていたことだった。

「セツナさんとってても美味しいです。冷たくて、何かシェイクとジュースの真ん中みたい」

「これも飲んでみる？　朱美ちゃん」と、ストローをこちらに向けて手渡してくれたセツナさん。まるで体の芯の火照りを一瞬で冷ましてくれるような、爽やかな柑橘系の香りがスッと漂ってきた。ストローから一口含み、喉を通してみると、不思議な感じがした。ライムの香りは鼻を通してわかったのだが、どこか涼し気な余韻を残すペパーミントの風味は、爽快に喉を突き抜けて、後は、ほとんど消えていった。

「これって不思議な味がしますね」

「ミントが爽やかでしょ。あまり飲まないけど、暑さを楽しみたいなって思ってね。エアコンが効いてて、乾燥するくらい寒い所ばかりに居るから、普段だと絶対飲まないわ」

「セツナさんが頼んでくれた、シンデレラっていうカクテルも美味しいです」

私は、進んでセツナさんにステム部分を差し出し、両手を添えた。たった二日の出来事でも、私にとってはまるで奇跡の連続だった。今こうやってセツナさんといられる時間は確かな幸せであった。

「私、セツナさんのことがとても大好きです」

「私も朱美ちゃんのことが大好きよ。大げさかもしれないけど……、今、私が信じられるのは、たぶん朱美ちゃんくらいしかいないわ」

セツナさんは遠い目で私を見つめ、それ以上は何も喋らず、優しく目を細めた。それでもゆっくりと瞬きをした後にはもう、いつもの優しい笑顔の面影は残っていなかった。海の水平線を物憂げな瞳でじっと見詰め、乾いた二重瞼を時折沈み込ませながらぼんやりとしている。横顔に沿っていたずらに通り過ぎていく南風は、セツナさんのウエーブした茶色い髪を後ろへさらうように、サッとなびかせていた。


「今日は楽しかったわね。まさか、そのままテラス席でのんびり寝ちゃうなんて思ってもなかったわ。日焼けクリーム、たくさん塗ってたから良かったね、あははは」

駅に着いてご飯を軽く済ませたのは、もう夜の七時過ぎであった。テラス席で見た、あの横顔が嘘のように思えるほど、セツナさんは明るく元気になっていた。私は自然とセツナさんと手をつなげたことで浮かれ立ち、一歩一歩を噛みしめるように歩いていた。百貨店やオフィスビルが連なるロータリー付近をまっすぐ通り過ぎていき、大きな交差点の反対側にあるコンビニに向かう。きっと夜の気温でも、三十度くらいはあるかもしれないが、それでも全く嫌な暑さは感じない。人通りは割と多くても、そんなこと、苦にもならない。それはもちろん、隣にこうやってセツナさんが、ずっといてくれるからだ。

信号を待っていると、耳障りな男性同士の叫び声が後ろの方からしてきた。

何故か、この時、妙に嫌な予感がした。

日曜日のまだ早い夜にも関わらず、既に酔っぱらって大声で騒いでいる男性グループがこちらへ向かって歩いてくる。私は眉をひそめ、馬鹿笑いを続けるその団体が近づいてくるのを警戒した。

だが、あろうことか、とくに酔っぱらっていた赤いTシャツの男性が、セツナさんの姿を見つけるや否や、グイグイと近づいてきたのである。恐る恐る見入るようにして首を傾げ、遠慮もなくセツナさんの方へ顔を持っていく男。私はその男の油汚れみたいな茶黒い顔の皮膚と酒臭いニオイに過敏に反応し、これ以上近くの空気を吸いたくなくて、大きく後ずさった。

「ちょっと待ったぁ。あれぇ～、君。セツナちゃんだよねぇ？」

後ろによろつきながらその男性はセツナさんの名前を呼んだ。セツナさんは無言のまま酷く動揺して顔をサッと伏せて隠している。

「ああ、やっぱりそうだぁ。サングラスしてても分かるもん。絶対君、シャドウのセッナちゃんでしょ」

セツナさんに人差し指を指しながら前を塞ぎ、満足げにふらつく男性はシャドウの事まで知っていた。

下を向き、私に手を引かれたままでいるセツナさん。私はもう一度大勢の隙間から抜け出す為、体をかがめて足を急がせた。

「おおい！　チョット待ってよ！　今から二人でどっか行くの？　ん～？　俺らの相手してくれよ～。ちょうどホテルでも行って呼ぼうとしてたんだよな。なぁ？　みんな～」

「おまえ、酔っぱらい過ぎだって」

大声を出して話し続けるこの男の肩を、無理やり引っ張って止めようとしたのは、同じグループ内にいた男性、たった一人だけだった。

「ちょっと、おい。やめろって。放せよ！」

だが、それが余計に男の拍車をかけた。暴れ騒ぎ立てて、悪びれもせずに瓢箪のような腹を弾ませながら、体をよろめかせている。周りで突っ立っているだけの残りの男達は、舌なめずりする目つきでニタニタ薄笑いし、こちらを物色していた。

「……大丈夫だって！　酔っぱらってねぇって。ちょっ、離せよ！　はんっ、いいよなあ女はよぉ。キモチイイコトして金稼げるんだからなー。なあ、楽チンだよなぁ？　マジでうらやましいぜー、クソッ……！」

男は横によろけて、傍にわざと聞こえるような大声で吐き捨てて叫んだ。

「ごめんね。こいつ酔っぱらい過ぎてて」

なだめていた男性は一人行儀よく静かに謝ってきた。そして、今にも暴れそうな男性の右肩を今度は押さえ込み、ぐるりと背中を見せて担ぐようにして立ち去って行ったのだった。

「……何なの、あの変なTシャツの男！　本当にむかつく！　ねえ、セツナさん！」

憤慨したままセツナさんの手を強く握っていた私は、つないでいた手を離して汗を拭った。

「ありがとう、朱美ちゃん。朱美ちゃんがいてくれてよかった」

先ほどの男性の大声を聞いていた人が、数人こちらを物珍しそうに凝視していた。話の内容を半分知っている人たちは、驚いた薄笑いを浮かべて何かもの言いたげである。私はそれを振り切るようにセツナさんを引っ張り、堂々と青信号を渡って歩いていった。

「セツナさん、気にすることなんてないです。ああいう男の人たちって何なんですかね、セツナさんの何がわかるっていうんだろう！　だいたい男なんて――」

「朱美ちゃん、ごめんね……」

セツナさんの表情には、温度が感じられなかった。私は心配で立ち止まり、セツナさんの横顔をじっと見つめる。下を向いたままだったセツナさんは、まるで一秒一秒が過ぎていく感覚に怯えていて、私の方を見つめ返してくる。何かを話そうとしている。黒いサングラスでほとんど顔が隠れているので、目元の表情は分からない。ただ、唇の力ない膨らみが微かに開きかけ、下唇の縦じわを小さく噛んでいた。私は一瞬視線を外し、唇を噤んだ。たぶん、何も聞きたくなんてなかった。

「朱美ちゃん。あの男の人が言った通りなの」

私は、手を離してしまったことで、少し遠くなっていた距離にも気づけず、手をぶらぶら下げたまま役立たずのように棒立ちになっていた。さっきまで気にならなかったのに、夜の街中の蒸し暑さに我慢できず、汗がドロドロと額に溜まり始めている。

「朱美ちゃん。私の仕事はね、デリヘルっていうフーゾクの仕事なの。デリヘルのデリは、デリバリーのデリ、ヘルはヘルスっていうの。地獄のヘルじゃないわよ、はは。やっぱり、正直にね、スッといえるような仕事じゃないの。だから朱美ちゃんにも自分から言えずにいて。言ったら嫌われちゃうんじゃないかと思ったりしてね」

セッナさんの辛そうな笑顔をこれ以上見たくない。そんなことを思っても、私が今、セツナさんに辛い顔をさせてしまっている。まさか、セツナさんが風俗で働いているなんて。もう何も、聞きたくなんかない。

両耳を塞いでも、「やめて……！」という言葉が、過去の記憶とともに沸きあがってくる。男の存在が黒い雪崩のように大きくなって体内に流れ込んでくる。

私の大切なセツナさんが、男の欲望の思うがままに弄ばれてしまう。グチャグチャにされてしまう。混乱する意識を振り払おうと、激しく頭を振っても、私は何もできないのだ。

私は、何を嫌だと思って、何を恐れているのだろう？

セツナさんが、お金の為に男とホテルへ行くから？　性を使ってお金に変えるから？　何回も何回も、何も知らない男の人や彼氏でもない男の人と会ってスルから？　セツナさんは私に言ってくれなかった。

私に嫌われたくないからと言ってデリヘルという仕事を隠していた。

「……セツナさん無理しないでください。私、セツナさんのこと好きですから、何にも変わりませんから」

精一杯伝えたつもりだった。握る手に力が入り過ぎ、手首がブルブル震えていた。セツナさんに、ちゃんと思いが届いているか不安で、不安で仕方なかった。

「ごめんね」と、「ありがとう」ばかり言う悲しそうなセツナさん。立ち尽くしたまま、返す言葉が見つからない。不甲斐ない自分自身と、セツナさんの憂う表情を見つめ続けていたら、自分の精一杯が、ただのちっぽけな、潔癖の理想であることに気づき、正しさを装う偽善的な発言をしているとしか思えなくなってきた。頭がグルグル回って地面が歪んでいく。アスファルトも車も真っすぐ先の方へ進んでいるのに、平面が波を打って遊んでいる。悲しい、報われない、という感情が外に飛び出そうとすると、こうも自分のことしか考えられなくなるのか。どうにもならない、どうにもできない私は、何でセツナさんに謝られているのだろう。

「セツナさん。ごめんなさい。無理しないで下さいとか、わかった風なこと言っちゃって」

私は、頭を下げてじっと地面を見つめた。胸が張り裂けそうになるほど苦しい。

きっと、私はケガラワシイ。私はただ、セツナさんが欲しかっただけなのだ。

事務所には誰もいなかった。

「セツナさん、セツナさんの匂い……嗅いでもいいですか？」

白い鎖骨の中心に張付いた十字架のネックレスは、きらりと光り、金色に反射した。温もりを感じる白熱灯で照らされる鏡台の椅子に座り、両脇を閉めながら肩を撫で落とすセツナさんは、鏡の中で自分の細い指の動きをただただ見つめ、弦楽器を奏でているように髪の毛を優しくといている。私はその可憐な姿を見つめ、グッと息をのんだ。心を落ち着かせるために、ウエーブした髪の毛を繰り返し丁寧に触り続ける。華奢な肩から背中に、滑らせるように下ろしていった毛の束の残りを、いつの間にか私は、手で掬って自分の顔に近づけていた。

「とってもいい匂いがします」

私はセツナさんの優艶なバスローブ姿の艶めきに吸い込まれるように目を閉じた。皮膚の匂いのもっと奥を嗅ぎたくなって、能動的に白い首筋に鼻先を当てて横に沿わせる。

気が遠くなるほどに芳潤な匂いがしていて心地いい。シルクのような素肌の滑らかさ、柔らかな温もりが重なり合って私の至福を満たす。うなじの方から首の付け根の方まで鼻をゆっくりすべらせていくと、白い薔薇の匂いが肌に浸透して、まるで息をしているようだった。浮き出ている鎖骨の上で悪戯に唇を止めてみる。だが、セツナさんの身体は波を打たず耽美な瞼を魅せていた。シュッとした小さな鼻を上に向け、厚い唇を微かに開けながら豊満な表情をゆらゆらと浮かべている。

かき上げていたセツナさんの長い前髪が、私の頬にそろりと落ちて、鏡に映る二人の姿を一時隠した。セツナさんは、ふぅっと、胸で深呼吸し、鋭角な顎の陰影を首筋に作る。

涙型に光るアクアマリンのピアスが、まるで小さな星屑のようにキラリと鏡の中で光り、暗い静けさを吸い込んでいく。セツナさんは虚ろな声で私に何か尋ねた。鏡台の両側に灯る明かりに照らされた瞳は、一入潤って輝いて見える。私は鏡の中のセツナさんではなく、目の前で、たしかに真剣な眼差しをしてこちらを見ている実像のセツナさんを見つめ返した。

「朱美ちゃん、私としたい?」

「……えっ?」

「お風呂……、今度は一緒に入る? 今なら、誰もいないから」

沈黙の中で激しく動く心臓は、この時きっと三倍近くに達するくらいであっただろう。私は緩やかに落ちていく眠気も突如として覚め、ひどく目を泳がせてたじろいでいた。

「お風呂なんて、そんな。い、……いいえ、良いんです。ただ、匂いを嗅いでいたいんです。セツナさんの匂いを、たまらなく嗅ぎたいんです。そんな衝動に駆られてて、……自分でも取り乱しちゃっているようで、何だかよくわからないんです」

顔を横に伏せたまま堪えている私は、セツナさんの答えに怯え、ひたすら待っていることしかできない。ただ、それでもセツナさんは何も言わず、しばらく鏡の方の私をずっと見つめ続けているようであった。カタっと、椅子から立ち上がる音がした。薄目で鏡を見ると、セツナさんは鏡の中から消えていて、私の背中に腕を絡めて優しく体を預けている。

「セツナさん。あともう少しだけ、そのまま匂いを嗅いでいてもいいですか？　……私って、やっぱり、変ですよね……」

セツナさんは一度だけ顎を引くように首を振った。何も言わずにいたずらな笑みを浮かべたまま、ゆっくりとベッドの方へといざなう。私は暗夜の灯をともし続けたい思いでセツナさんの細い両肩を覆い、抱き返した。

自分が、今、何をしているのか全く理解できていなくても、不安ではなかった。セツナさんのふんわりとしたウェーブヘアーの中に顔をうずめ、すがるように目を閉じる。

私は虚ろな意識のまま床に膝をつき、血のように塗られたペディキュアを見つめながら白い右足を掬い上げた。匂いだけではたまらず、鼻を何度も摺り寄せて目を閉じる。白いふくらはぎの内側を辿りながら、ベッドにするりと体を登らせていき、膝の裏の匂いをゆっくりと確かめる。触れる唇は温もりを辿り、鼻をひくひくとさせた。いつの間にか左の太ももに手を添えて、肌と肌を滑らせるように擦っていた指や頬は、セツナさんの絹肌を味わっていた。はだけたバスローブは羽のように広がり、二本の脚は清らかに伸びる。皮膚の滑らかさと、骨のまわりにある肉感が同じ人間のモノとは思えないほど触り心地が良くて、マシュマロみたいに気持ちいい。気づくと優美な湾曲を描くウエストラインの左横には、一点の小さなほくろがあった。私は肌に頬を当て擦りながら、おもむろにそのほくろを見つめていた。

セツナさんの焦らすような笑い声の響き、硬いシーツの上を滑る細い音色。私は、ほくろの脇に唇を近づけ、皮膚の些細な動きを探した。時の流れなどとっくに忘れ、愉悦に浸っていた。

まさか暗がりで過ごす夜の一室で、自分がこんなにリラックスして前向きでいられるなんて思いもしていなかった。今まで嗅いだことのない、とてつもなく甘くて濃厚な香りが漂ってくる。私は両手を太腿の上に添えながら、太腿の内側に、ふいと顔を近づけた。

「きゃっ……、朱美ちゃん」と、名前を呼ばれたので私は目を閉じたまま一瞬戸惑い、何も答えず動きを止めた。クスクス笑い続けるセツナさんの表情がどんな風か見たくて、そろそろと丘を登っていくように上目で眺めると、背中を丸めて顔を隠す両手の隙間からは、目尻の愛らしい跳ねあがりが見えていた。ググっと縮ませながら微かに震える腹筋や、内側へ絡めようとする太腿の骨、ピンと伸びる真っ白なつま先。わずかな指の動きと、体の湿り気。私は、いつの間にか、セツナさんの柔らかい体や、甘いぬくもりを全て包んで独り占めしようとしていた。

「あっ……」と、いう間もなくいきなり深くカギを差し込みまわす音が響き渡り、勢いよく玄関の扉が開いた。

「ああ、涼しい～！　やっと休憩できるしぃ」

リョウさんとアイラちゃんだった。不揃いの足音を立ててリビングに入ってくる。

「もう疲れた。さっきの客、本当にしつこいんだもん。むかつく」

「アイラちゃん、アップ写真とるよ？　はい」

「えっ、ちょっと待って！　今はダメ！」

「わかった、わかった。冗談だよ」

「もう、リョウさん。私今日受付終了だからね。ちょうど最新シーズンが始まったドラマがあるから見たいの。後から見てもいい？」

甘えるような声が、どこか由花と似ていると思って、一瞬思い出してしまった。

「ああ、パソコンから繋げてな。っていうか、さっき買ってきたアイス、溶けちゃうし、セツナ達も食べるかな？　聞いてみるわ」

リョウさんは、ビニール袋をガサガサと触りながら、静かなノックをしてくる。私は素早く上半身を起こそうとしたが、セツナさんは私の手をギュッと握り、顔の前で人差し指を力強く立てて、「しっ」と言った。

「おーい、セツナ。朱美ちゃんもアイスクリーム買ってきたけど、食べなーい？」

リビングの向こうは、こちらの物音や返事を待っているようだ。

「おーい？　寝てるのか～？」

「返事ないな。やっぱ寝てるのかな」

「いいじゃん、リョウさん。先食べようよ」

「お、おう」

セツナさんと私は瞬きも忘れ、ベッドの上でじっと横になって黙っている。リョウさんやアイラちゃんは、荷物を持ち、一緒に事務室の方へ向かっていった様子だった。二人とも、事務室の方に行ったので、静かにしていたと思うと、すぐに壁にヒビが入るのではないかという程の大音量が、むこうから聞こえてきた。これだけ距離が離れているにもかかわらず、ガンガンとこちらに響いてくる激しい効果音は、恐らく下の階にも迷惑に届いているだろう。不安や興奮をあおるような銃撃音が連続で聞こえてくる。神経がピリピリしてて一向に落ち着けない。セツナさんも寝そべったまま、あれから少しも動かないでいる。

しまいに「きゃっ」と、事務室の方からアイラちゃんの悲鳴が聞こえてきた。

「あれ？　朱美ちゃん、携帯鳴ってるよ？」

「えっ、本当だ」

それは、ひさしぶりに母親からだった。

「はい、もしもし」

「朱美、あんた今どこにいんのよ？　連絡しても返事ないし、お母さん心配するでしょ」

「今まだ遊んでる。ちゃんと帰るから大丈夫」

「当たり前でしょ？　それより、あんた約束してたお金いつ渡してくれるのよ」

すっかり、エアコン代を渡すのを忘れてしまっていた。支払いの期日もあるのだから、母親はカリカリしてもう怒ってしまっている。

「ごめん、忘れてた！　ちゃんと電話出るし、お金、明日には絶対渡すから」

「何、今日も由花ちゃん家泊まってくの？　あんた迷惑かけてるんじゃないでしょうね？」

「大丈夫。とにかく、明日、最悪会えなくても、机の上にはちゃんと置いておくから！」

「電話には出なさいよ。泊まりなら泊まりでいいけど、前もって連絡してきなさい！」

母親の方が先に電話を切った。

「朱美ちゃんのお母さん、ちゃんと朱美ちゃんのこと、心配してくれていたのね」

セツナさんは、今まで見たこともないようなホッとした顔をしていた。

「えっ、そんな。そ、そんなことないです。全然そんなことないです！」

私は初めて出会った時のようなセツナさんの優しい微笑みを見て、急に不安になってきた。

「大丈夫？　ここにいて。送っていこうか？」

私は、ずっと肘に爪を立てたまま固まってしまい、返事に困る。いつもみたいに、「はい」と、自然に相槌を打てない。言い訳を探さなくちゃいけないと、焦り始める。

セツナさんと一緒にいられなくなってしまうのではないかという不安が頭の中を覆い尽くしていた。


姉は、私よりも勉強ができて頑固、ハッキリとした強い性格だった。いつも母親が酔っぱらうと不機嫌で、テレビの音量がうるさいと、ピシャッと襖を締め切り、耳栓を突っ込んで突進するように勉強し続けていた。三年間同じコンビニエンスストアで地道にアルバイトをし、真面目に貯金もしていた姉と、いい加減でお金にルーズな母親とでは性格が似ていないどころでは済まず、相性も本当に悪かった。もちろん、私の面倒くさがり屋な性格がキライだという顔も、姉は常日頃からしていたので、仲の良い姉妹とは程遠くもあった。ただ、姉は優しいところもあり、数学や化学などで分からない問題を親身になって教えてくれたり、母親に頼まれれば、定額の生活費分以外も黙って渡し、家計を助けていた。

だが、致命的な事件が起こってからは、母親と姉の溝がより深くなっていった。それはある日、姉が貯めていた、『全部貯めたら三十万円』という五百円玉貯金の満タン缶を、母親が勝手に持って行って紙幣に変え、あっという間に使い込んでしまったという事件だ。空っぽの壊れた缶だけは元の勉強机の隅の位置に戻されていたので、私もそれを姉と見つけた時には、もう何て残酷な絵図なのだろうと思った。大人からしたら、大した金額ではないだろうが、姉にとっては何よりも大切な、大切な三十万円だったはずだ。重さを量って喜んでいる姉の姿を、本当は母親も知っていたはずなのに。それでも、シラケた目つきをしてテレビを見続ける母親は、横で怒鳴り散らしている姉を完璧に無視し、全く痛くもかゆくもないという態度を続けていた。しまいに、姉にリモコンでテレビを消されると、急に不機嫌そうになり、長い前髪をかき上げ直しながら、「ちょっと借りただけよ、もう一個貯めかけてるからいいじゃない」とライターの火をつけながら、言い張る始末。

一番酷かったのは、姉が怒って部屋に閉じこもってしまったにも関わらず、部屋から半ば追い出されてきた私を呼ぶように見つめて、「ねえ、あの貯金箱の中、三十万って書いてあってもギュンギュンに入ってたから、実際三十四万円もあったのよ」と、コソッと興奮して言ってきたことだ。その母親のギロギロした目つきとニヤケ顔は、中二の娘の私にですら「この母親あり得ない」と、思わせた。

姉はきっと、お金がもう返ってこないし、母親といたら自分も駄目になると、この時悟ったのかもしれない。去年、家を出ていく時には、実家の鍵は要らないからと、キーホルダーから外して机の上に置いて行ったのが、姉の姿の最後であった。

「……家、父親いないし、お母さん一人で育ててくれて感謝もしてるんです。でも、本当に心配なのはお金です。それが一番母親にとっては大事なんです」

セツナさんは顔色一つ変えずに聞いてくれている。誰にも話したことのない家族の話だったけれど、私はセツナさんにスラスラと話していた。私は、セツナさんの顔を見ず、しばらくフローリングの地べたにうずくまったままでいた。一緒にいるセツナさんに、「大変ね」という日常的によく耳にする言葉を言っておいてほしかったのだ。

直ちゃんの時と一緒だ。否、でも本当は違う。本当は今までも一番言ってほしくなかった言葉だったはずだ。アイスピックで胸の真ん中を一突きされたような痛みが走る。「大丈夫?」と言われても大丈夫なはずがないし、「無理」という言葉が頭の中に充満したって何も救われない。自分の痛みなんて、自分にしかわからない。否、またおかしい。私自身が、いつも「大丈夫」だとか「大変」だとか、「無理無理」って思っていた。あとは嫌なこと、面倒くさくなってくることがあると、その原因は、ぜんぶ人のせいだと思っていたのだ。

それが、自分の痛み? 私は、いつの間にかそっと隣に寄り添ってくれていたセツナさんの横顔を見て、姉や、母親よりもずっと深い優しさを感じた。ただ、それと同時に、実はビクビクと困惑して一人で怖くもなっていた。もしかしたら、全部自分自身の自堕落さから来る否定的な考えが原因なのではないかという戸惑いが、どんどん騒めき立って沸き出てくる。私は、きっと姉の大変な姿を他人事のように考えて、責任から逃《に》げまどい、母親のいい加減さに甘えて都合のいいように暮らしていた。それに、自分が何も考えたくないから、答えたくないから由花の我が儘に、そのまま付き合っていたのかもしれない。「嫌だ、いらない」と言うより、「良いよ、大丈夫」と、言っていた方がずっとラクだったから。聡のことだってそうだ。私が最初から、嫌だったら会うのも断れば済んだ話で、ちゃんとそうしていたら、皆が嫌な気分にならずに済んだことだ。全部駄目な私が悪い。全部私が悪い。あの夜だってそう。あれは間違いなく自分が招いてしまったこと。あの扉の鍵さえ、自分がちゃんと掛けていれば良かったのだ。

「朱美ちゃん？　ほら、拭いて」

　知らないうちに涙がこぼれていた。顎の先まで濡らして伝っている。ハッと、優しい声に気づくと、また余計と自分が情けなくなり、喉を潰してしまう位に熱を溜めてしまう。苦しい。悔しくて、悲しくて、次から次へと色々な涙が鼻の脇や頬を通り過ぎていき、何度流れて行っても止まらない。

「ごめんなさい。こんな時に泣くのっておかしいですよね」

駄目な人間。すぐ謝ればいいと思っている駄目な人間。私は何で泣いているのだろう。ラクになりたいから泣いているのだろうか。セツナさんに優しくしてもらいたいから泣いているのだろうか。否、それ全部が正しい。

セツナさんは何も言わない、語らない。見守ってくれていても目と目は合わない。それでも、私を否定するわけでもない。不思議な感覚が宙に浮き続ける。私の思考を越えてフワッと飛んでいく。

「昔から……たまに、生きてる価値ないな、とか思うんです。今死のうが、この先死のうが、結局同じようなものなんじゃないかなって。宙ぶらりんのまま生きて、流されていくような自分の人生なんて早く終わらせてしまおうかなって思ったりもして……」

セツナさんは励ましたり、同調したり、説教したりもしない。黙って横に寄り添ってくれ、時折ティッシュの余分をくれるだけで、何も言わない。

「死ぬ」とか、思ったりするのはラクだ。だから、結局ラクを考えてしまう弱さがまた一つ、心に植えられた。セツナさんはずっと哀し気な笑顔で私の顔を見つめ、髪の毛を優しく撫でてくれる。多分私が言葉にした甘えた妄言を、気の迷いだと信じてくれているからかもしれない。私はグズグズした駄目な性格の自分が嫌いでも、どこか無関心を通していた。どうでもよかった。迷惑さえかけなければいいと思っていた。でも、それでも今は、セツナさんと出来る限りずっと一緒にいたいと願っている。セツナさんといると、とっても嬉しくて、心の場所がどこかわかる気がして、ずっと良い気持ちがする。一人じゃないんだっていうあったかい温もりがじんわり伝わってくる。ここにいたいって思える。

私は、涙の味が変わったことを、ふと感じた。このふんわりとした空間。天井を仰いで呼吸をする喉の開きと潤い。絶望の涙を味わうように舐めている安らぎの感覚。海のように塩っ辛いと思っていたら、どことなく甘い砂糖水のような味。目を閉じてみれば、いつの間にかセツナさんが纏う不思議な水色の世界に、私の体は優しく包まれていた。

三　約束

書置きを残し、毎月定額の生活費三万円をテーブルの上に載せた。溜まりに溜まって、溢れそうな空き缶の入ったごみ袋。その端を、きゅっと縛って、カランカランと、音をあまり立てないように角に置く。肘や膝の擦りむき傷はあまり目立たなかったが、手の平の傷は丸く削れて深いので、まだ絆創膏が必要だった。洗い物や洗濯物は溜まっていないし、他にやり残したことはないかと、台所辺りをずっと見回す。別に家出するわけじゃない。

「じゃあ、ばっさりいっちゃうよ?」

「お願いします」

昔から通っている美容室に来ていた。肩甲骨の下まで伸びていた重い髪の毛をバッサリ切って、この際、後ろ髪をザクッと無くす形のショートカットをお願いした。いつも私の黒髪をほめてくれる美容師のお兄さんも少し躊躇《ためら》い気味で鋏に指を通し、名残惜しそうに櫛で研いでくれている。

今日も、うだるような暑さだった。

ネットの天気予報で調べたら、最高気温は三十八度とある。でも、帰りにはやっと首に絡まる横髪や後ろ髪が無くなるだろう。

美容室を後にし、自転車に乗って走り出す。交通量の多い信号待ち、財布の中身をチラッと確認する。所持金は一万円札がゼロ枚。折り目跡が目立つヨレヨレの千円札が一枚、いざという時に財布の隙間に隠してある千円札が一枚。小銭も残りわずかだった。カット代と、テーブルに置いてきた分とで、だいぶ減ってしまったが、十五日が給料日なので、あと一日。夏休みもうあと二週間とちょっとで終わってしまうが、今となってはもうどうでもよかった。

セツナさんとは、あれから連絡が取れていなかった。

何度電話しても留守番電話に繋がってしまい全くコールしない。あの日、帰宅し、バイトに行くまでの時間にかけた最初の呼び出し音はちゃんと鳴っていた。が、次にかけ直した時には、何故か留守番サービスの音声しか聞こえてこなくなっていた。メッセージも送ってみたが、返信がない。それで、もう十八日目が過ぎようとしていた。セツナさんに何が起きたのか全く分からない。別れた時は、あんなに元気そうだったのに。「また仕事が終わったら電話するね」と、言って約束してくれたのに。

――音信不通になってからの三日後。

私はバイト帰りに、セツナさんのマンションの明かりが見える大通りの反対側に止まり、自転車に跨ったまま七階の角部屋の明かりをずっと眺めていた。あの黒いカーテンから光が漏れているかどうか確かめたかった。明かりは隣の待機室だけで、その隣りのセツナさんの角部屋は一向に真っ暗であった。途中、リョウさんの車が通ってはいかないか、車道も見て待っていたが、そんなに運よく通ってはいかない。

次の日は、バイトに行く前に、また同じ道路の反対側の自販機付近でずっと待った。洗濯物などを干すのにベランダに出てこないかと思っていたが、そういえば洗濯の物干しハンガーなどは、鏡台の反対側の隅に頼りなく引っかかっていたのを思い出し、諦めた。

その次の日には、朝方を狙う為、ここ最近では一番の早起きをして五時半過ぎに家を出ていた。ビルトインの一階の駐車場が良く見える、斜め方向の少し離れた位置に自転車を止め、サドルに座って、ペダルを回しながら長期戦のつもりで待った。それでも、リョウさんの車は、戻ってこなかった。

何で、セツナさんは一つも連絡してくれないのだろう。私が何か気に障ることでもしたのか、全く理由がわからない。

私は懲りずに、最近すっかり定位置になっていた自販機の横に到着し、自転車のスタンドを下ろして待った。駐車場を見るとリョウさんの車が珍しく止まっていた。私はセツナさんを確認できるチャンスだと思い、携帯電話も触らず、マンションの車や人の出入りを見張った。そうしたら、三十分も経たない間にリョウさんが、ミオさんや、あとは知らない女の人を連れて姿を現した。だが、セツナさんは、やはりそこにはいなかった。

金曜日の夜、台風はだいぶ逸れ、北東に通過した後なので、雨も降らず、風も草木を多少横に揺らす程度だった。私は手持ちの温いペットボトルの麦茶とは別に、自販機でミルクティーを買って、ここで仕事の疲れをとるようにして休んだ。上を見上げてみると、待機室の方の黒いカーテンからは光が漏れている。でも、やっぱり隣の角部屋は真っ暗なまま。大通りはさすがに週末とあって車の行きかいが激しい。クラクションの鳴り響く交差点を突き抜け、走り過ぎていく高級車、重低音の音楽を不快に響かせ、唸るような太いエンジン音を轟《とどろ》かせる改造車。私は、少し怖かった。一台一台通っていく車が、生き物のように感じて、まるでこちらを見て「夜の街は、これからだ」という顔をして誘ってくる。

土曜日は台風が去ったはずなのに、あいにくの雨でバイト先も割と暇だった。灰色の空は、スチールウールのたわしが敷き詰められたみたいに一面重々しく、濁ったガラス窓に垂れ伝う雨粒の一粒一粒を追って見ていくだけでも何だか気分が沈む。三層フィルター不織布マスクの、ノーズワイヤーを指で押して確認し、テーブルにシュッシュッとアルコールスプレーを吹きかける。ソファーやメニュー表にも撒いて、ダスターで念入りに拭き上げ、消毒を徹底してまわる。もう週末。あれからセツナさんと六日も会えていない。セツナさんは、どこで、どうしているのだろうか。

人差し指をかけてスプレーのハンドルを再度引こうとした時、ふとセツナさんの体調不良が気になってきた。でも、シャドウに電話をかける勇気がない。調べる勇気もない。私はどうすればいいいかセツナさんに相談したくなった。馬鹿なことを考える。セツナさんに会いたいのに、セツナさんに会えない悩みをまた、セツナさんに聞きたくなるなんて、どうかしている。黙って俯きながら、私はひたすらアルコールスプレーのハンドルを引き、そこら中に乱射し吹きまくっていた。

日曜日は、昨日の雨が嘘だったかのようにカラッとしていた。いつもの自販機前に到着したのは朝の四時半前。蝉の鳴き声も、人の気配もない。蒸れた額の上を見上げれば、不快な明るさが淀んだように広がり、湿気を下ろして青空を包み隠していた。

不吉な暗さを感じるコンクリート打ちっぱなしのマンションの一室は、まるでセツナさんを幽閉しているように見えた。光も影も好んで、熱も、陽の光も、湿気も冷気も、スルスルと隙間から吸い込んでいるように見える。こうやって見つめている私の気持ちも吸い込んでいって、どうにかこの気持ちが伝わらないかと、無言で念じた。でも、灰色の重い扉は開かない。

自分の疑問が嫌になり、だんだん体がダルくなってきた。私は失った思い出を、ただ追いかけているだけなのか。私はセツナさんとのつながりを、希望と思えた約束を、勝手に失ったと思っているだけなのか。否、そもそもそれが夢や幻みたいなモノだったのかもしれない。私の一方的な願望だったのか。思い違いなのかもしれない。そもそも、ただの勘違い。沢山電話してしまった。無我夢中で何度もかけてしまった。迷惑だったと思うと、顔が真っ赤に熱くなる程恥ずかしい。呆然としたまま目を閉じても、自然と涙腺が緩んでくる。もしかして、もう二度と会えなかったり？　なんて、考えたくもなかった。

沈鬱に陥っている中、反対車線から、いかにも怪しい黒いフィルム張りのワゴン車が現れた。もしかしたらシャドウの送迎車かと思い、にぶい目を擦って見入る。だが、マンション前に止まるのかと思ったら、何故かゆっくり速度を落とし、こちら側の後部ウインドウが自動で開かれていった。男の人がこちらを物色しているような気配がしたので、視線を合わさぬよう目を伏せた、その瞬間、「おーいっ！　ねえ～！　きみぃ、聞こえる～？」と、帽子を被った二、三十代位の男性が車の窓から片腕を出し、こちらを見て大声を出してきた。私は警戒したが、いつものようなナンパだと思い、無視して前カゴの中の鞄を触る振りをする。

「ちょっと待ったあ！　ちょっと待っててよ！　今そっち行くから！　一緒に遊びに行こうぜ⁉」と、その車はあろうことか急に速度を上げ、Uターン禁止の大通りの矢印信号を極端に無視し、曲がろうとしている。

私は男の大声でワナワナと足がすくみ、恐怖と焦りで、七階のセツナさんの部屋を渇望するように仰いだ。だが、やっぱり明かりは見えない。このままでいたら、あっと言う間にあの車がきて捕まってしまう。何でこういう時に限って、パトカーはいないのか。Uターンの角で黒いワゴン車が曲がり切れず切り返している間に、一刻も早くここから逃げようと、焦ってスタンドを蹴り上げた。きっと追いつかれたら終わりだ。普通のナンパとは違う気がする。さっきチラッと見ただけでも、後部座席の奥には数人の影と顔が見えていた。私一人だけなのに大勢でナンパするなんて。言葉にできないような悲鳴が、加速とともに喉から張り裂けて吐き出てきそうになる。うわあ～っとか、助けて！　とか、悲鳴を上げてる場合じゃない。逃げるしかない。

大通りの脇道を左折し、一方通行の細道を探して走り回った。ワゴン車の通れないような細道を進み、錯綜させる為にUターンしてくる方角にあえて向かって真っすぐ逃げ道を探す。まさか、人も少ないし、早朝で外は明るいのにナンパだなんて全く予想だにしなかった。嫌な予感が体中に駆け巡る。犯罪の臭いがする。引切り無しに汗が流れ落ちていく。

呼吸しているのに、ちっとも酸素が入ってこない。意識がどんどん朦朧《もうろう》としてくる。

混乱と汗が、グリップを握る手を小刻みに震えさせた。後ろを振り返って立ち漕ぎし、脇道の交差点を右折しようとした時、前輪と腰がぐにゃりとバラついて体が宙にブワッと浮いた。

その瞬間、側溝の凹んだ所に挟まり、斜めにザザザッと滑っていって、「マズい！」と、思った時にはもう自転車ごと左側に派手にコケていた。

「……い、ててて……っ」

膝と肘、左の素手で体を庇ったせいで、擦り傷がタイヤのスリップ後のように広がっていた。皮がめくれていた所々からは既に小さな血の斑点が浮き出てきている。重い鉄の塊の自転車は右側に無残にも倒れ、後輪をカチャカチャと歯車のおもちゃみたいにゆっくり回していた。大切な自転車なのにやってしまった。皮膚や血に引っ付いた砂利を払いたくても、ジンジンと痛むので触りたくても触れない。ゆっくり立ち上がってはいられない程、既にアスファルトは鉄板のような熱を持ち、足や右手を焼こうとしている。誰か見ていないか辺りを見回した。こんな風に倒れ込んでケガをするなんて何年ぶりだろう。首に絡まっていた後ろ髪を払い、帽子のツバを見上げて大きくため息をついた。

黒いワゴン車は、もう追って来てはいなかった。気づけば、擦りむいた熱い膝からも血が滲み出てきていて、汗と交じって二筋、向こう脛を伝って流れ落ちている。とっさに私は、垂れていく血を指で拭い、それをアスファルトの地面にねじくった。

とにかく、近くのコンビニで絆創膏を買い、公園で一旦水洗いしようと立ち上がる。横に寝そべったままの自転車のハンドルグリップを持って黙って起こしてやる。よく見ると、茶色いグリップの先と、お気に入りの釘打ちサドルの横端が擦れて傷ついていた。スタンドを立て、ペダルの踏む力で後輪を回してみたが、どうやら歪んでいないようだし、前輪タイヤもパンクしていなかったので安心した。あちこち自転車の部位を見たけれど、やっぱり私の方が重傷。姉のおさがりの自転車だけど、大切にしていたので壊れていなくてよかった。膝の傷口が痛むので、まるでアヒルの水かきみたいに地面で足漕ぎしていく。

中通りに小さなコンビニを見つけ、少し割高な絆創膏と、冷たい麦茶を買った。傷を見られたくなかったので、店員さんとも目を合わせず帽子を深くかぶり、急いで会計を済ませ、店を後にした。

どこか良い公園はないかと、周辺を探していたら、やっと水飲み場のある、緑木に囲まれた丁度いい大きさの公園を見つけた。

もちろん、こんな暑い朝に誰も公園で遊んでいないので、ポッカリ一人っきり。

蝉の声は際限なく聴こえてくるが、ここの時間はまるで止まっているようにも感じる。石畳の敷かれた水飲み場の蛇口をひねり、真っすぐ腕を出して、下に水を流していく。傷口がシミて痛い。生温い水は指先まで絡めて滴り落ち、土や鉄、水と石のぬめった臭いが下からムワッと見えない湯気とともに立ち上がってきて、不快さを増す。膝を洗う為に靴を脱ぎ、靴下をそれぞれ丸めて履き口に突っ込む。今まで思ったこともなかったが、公園に水飲み場があるのは、とてもありがたいと改めて感じた。

私は緑の生い茂る草木から聞こえる、一風変わった鳴き方をする蝉の声や、水飲み場に流れる機械的な音と混ざる温かい水の音を黙って聞いていた。この公園できっと自分だけが、暑さで体力が奪われていっている。傷口を洗い終え、火傷するようなベンチにゆっくりと座った。涼しい風をおだやかな気持ちで待ちたいと思い、一人大人しく静かにしていたが、蝉の鳴き声が騒音にも聞こえ始めてきた。

持っていたタオルで、黙って一粒一粒水滴を吸っていく。傷口には触れないようにして、周りの水滴を含み取り、ふくらはぎや足の甲も全体丁寧に拭いていく。

アツイ。鼻が熱い。喉があつい。肌が焼けるようにアツい。

ボヤケていた両眼を閉じてグッと息を止める。急に止めるなんて、どうかしているが、体に入るチカラの衝動が抑えられない。タオルをギュッと握って堪え、もう汗を拭うのも、傷を気にするのも止めた。力んでいく奥歯や首筋の筋肉、神経。怪我してジンジン痛む手の平の熱、膝の熱。気が遠くなる程の鼓動音。緊張で目尻が引きつりけいれんする。

私は我慢できず、タオルをベンチに放り投げた。

息を荒げ、熱砂の地面をひねりつぶして大きく立ち上がる。帽子を脱ぎ捨て、熱を帯びている黒髪をほどいてバサッと後ろ髪を下ろす。裸足のまま、焼け付くような高温の石畳に立ち、火傷もいとわぬ思いで砂場へと向かっていく。重なり合う蝉の声が、まるで狂騒曲のように耳から脳に入って行き、私の感情を無数の蝿に変えて外へと飛ばしていく。怒り狂った私は公園の砂場の枠上に立ち、波打つ無音の砂海を見つめ、とうとう飛び込みたくなって両足を勢いよくドスンと着いた。

「私がいったい、何したっていうのよ！　いっつも私ばっかり！」

灼熱の砂をガンガン押し込んで、その場で繰り返し踵を蹴り落とし、熱いのか冷たいのか分からない足裏の感覚を無視して体を振り揺らす。

一心不乱に砂をちぎり持っては遠くへ撒き払った。

「くっそー」

「クソ……！」と、思った瞬間、本当に握った砂から糞の臭いがしてきたから余計と腹が立った。

心の叫びがついに声になって出てきた。暑くてイカれてしまったかと思ったが、そうではない。ずっと誰かに言いたかったけれど、誰にも言いたくなかった言葉だ。

誰も見ていなくてよかったと、フッと、力が抜けて妙に笑えてきた。息切れしながら思い出したように「アチチッ……！」と、ついに飛び跳ねながら水飲み場に戻り、熱砂で焼けた足裏を泥に変えて浸していった。

手もかなり念入りに洗った。

公園にある時計は、十時二十分を過ぎていた。裸足のままベンチに足を上げて胡坐をかき、絆創膏を慣れない手つきで貼っていく。

蝉の声で余計と暑くてバテそうだとクラクラしていた時、奥の草陰に黒い物体が動いた気がした。閉じかけの片目で、ほつれた糸を追うように鬱蒼としたそのあたりを見入る。

それは、一匹の猫だった。

ゆっくりと草陰を歩いていたらしいが、こちらの視線に気づき、ヒタと足を止めて立派な長い尻尾を微妙に揺らす。こちらを暫く見つめていた猫は、またのっそりと歩き始めたが、こちらと斜め向かいになる位置まで来て、ちょこんと腰を下ろした。

「ツッ、ツッ、ツッ」と、猫の方を見て、舌先と裏の歯を使って呼んでみる。手の平に餌があるかのように見せ、しゃがみ込み、再度こちらへ呼んでみる。だが、猫は片耳だけピクッと動かしはしたが、他、何の反応も示さない。

　茶トラとキジが額から背中にかけて混ざり合い、太い足からお腹にかけては真っ白な毛をしている、中々の貫禄のある野良猫。風格すら感じる程の凛々しい丸顔で、目を薄っすら細めている。

　私は、この雄猫に対して餌で誘う素振りをして見せたことを少し恥じた。私は顎を引いて恐る恐る猫と目をじっと見合わせ、「にゃ〜おん」と、猫の声を真似てみてコミュニケーションを図ろうとした。だが、猫は丸い目をしようともせず、むしろさらに目を細めて、そっぽを向き、眠そうにしている。私は猫の気持ちを考えて、引いた顎に手を当てた。もしかすると、さっきの私の怒声や砂場での暴動で、日陰の隅で寝ていたところ、起こされて不機嫌になっているのかもしれない。

「ミャ〜オン」と、私は猫に対して「ごめんね、安心して」と、伝えた。だが、猫はそっぽを向いたまま無反応だ。どうしたものかと、少し悩んだが、どうやら猫の表情は物言いたげの浮かない風で、揃えた前足の位置を何度か踏んで立て直している。私は、胡坐をかいていた左腿をポンと叩き、ハッと気付いて頷いた。

　靴をするりと履いて踵をしまい、反対側にあるベンチまで向かう。白転車スタンドの金属音はビックリさせてしまう可能性があるので、そのまま置いていこう。やっぱり予想した通りだった。私がその場から離れると、猫はトテトテとゆっくり歩いて行き、水飲み場に近づいていって恐る恐るピシャッピシャッと、鼻を近づけ飲もうとしていた。

雄猫の自然体を見ていたら、どこか遠くへ行ってしまっていた素の自分の気体が、元の居場所にヒュンと舞い戻ってくる感じがした。私は、こうやって血の出る怪我はしたけれど、全部満たされている。不幸なつもりでいたけれど、満たされたいとも思っていたけれど、それは自分のしたい気持ちばっかりで、実際は十二分に手足も動くし、帰る家だってある。セツナさんを待って、いつかは会いたいという望みだけでもずっと、いい思いで前を向いていられる。一人でいても、自分が自分でいられる強さがある。

私は自分の傷ついた手の平を見つめてギュッと握った。雄猫は横目を使って砂場を通り過ぎ、近くの木陰で立ち止まって悠々と毛繕いしている。黒い分針が上の数字へとのぼって、少しずつ落ちていく。それに合わせて時針がゆっくり追いついて行こうとする。

雄猫はまた違う寝床に帰って行くのか、それとも、なわばりの巡回、町会議に向かうのか、公園の外の道へ何事も無かったかのように歩いていった。

とうとう、こちらを一度も振り向きもせず行ってしまった。何故か、束の間の出会いだけだったのに、悲しくなった。一人、置いて行かれてしまうんだという複雑な気持ち。まだ行かないで、と遠い目で伝える。あの猫には、私の気持ちが分からない。何も構いもせずに歩いて行く。私は有難うとは言ったけれど、サヨナラは言わなかった。公園には木々にこだまする蝉の声だけ響いている。

十時二十分、十一時四十七分、十二時三分。

——そして、十八日後の今、私は着信も新着メッセージもない空っぽな携帯電話を、絆創膏がしてある反対の右手でギュッと握っていた。自転車から降り、猛暑の人混みの中を邪魔にならないように歩いていく。時計を見ると、十二時三十八分。暑さは半端じゃない。

左肘の傷跡部分が陽にあたり、ジィっと熱で焼かれている。白い大きめのTシャツの、ウネウネとした襟元をグッと前に引っ張って、服の中をおもむろに覗き込む。薄黄色のブラジャーのレース部分が生地と一緒に浮いていて、カップと胸の間に薄っすら隙間を作っている。白くて丸い胸が少し離れ気味に並んで、なだらかな弧を描く色っぽくない感じ。毎日なぞって見慣れているけれど、少し垂れた気がして笑えてきた。

携帯電話を持つ右手の甲で額の汗を拭い、信号待ちで頭を仰け反らせている時、手の平から、久しぶりの新着メッセージのバイブレーションが伝わってきた。セツナさんの顔が一瞬よぎり、急いで携帯電話を確認したが、それは由花からのメッセージだった。

多少驚いた。ページを開いたついでに冷ややかに読み進めていく。

「朱美ひさしぶり。元気してる？　私、昨日康太と別れたの。会いたいから、電話して」

案の定だ。私はもう返信したくなかったのでそのままメッセージを無視した。だが、勘のいい由花は続いてメッセージを送ってくる。

「無視しようとしてるでしょ。まだなんか怒ってるの？」

何でもわかった風に言ってくる由花は相変わらずカラッとしているようで、しつこい。

「朱美、今どこ？　いつなら会える？」

このあいだ喧嘩して絶交したばかりなのに、由花は、それがわかっているのだろうか？

ポケットに携帯電話をしまったら、今度は電話が鳴ってきた。また、もしかしてと確認を急いだが、やはり由花だった。携帯電話をポケットにしまい込み、バイブレーションが太ももに伝わってきても放置して自転車をゆっくりこぎ始めた。きっと、康太と喧嘩したのだろう。どうでもよかったが、だいたい分かるので想像してしまう。どっちが悪いとか、どっちが先にフッたとか私に関係ない。由花も、これで康太と別れて何人目なのだろう。

「よくやるな」と、それだけは頭の中で棒読みさせてもらった。

アパートの階段を上がって二〇三号室の扉下を見ると、普段は使わない茶色の焙烙《ほうろく》皿が隅っこに置いてあった。中を見るとやはり予想した通り、オガラという割り箸みたいなのが焦げて入っていた。そういえばお盆だった。

「あれっ、もう帰ってたの？　早いじゃん」

「ん？　んん。お帰りぃ」

台所の壁掛け時計を見るとまだ五時半過ぎ。

台所のシンクには、おつまみを作った後のフライパンや菜箸が斜めに水に浸かったまま放ってある。炒め物をした後のゴマ油やニンニクのにおいは、台所中にへばりつくように漂っていた。その中に、北側の部屋からもかすんだ線香の臭いまでしてくる。

「ほら～！　お母さん、エアコンつけても換気扇回してってば！　もう」

母親はいつも通り、椅子の上に胡坐をかいてほろ酔い気分だった。テレビをつけたまま、長く垂れた灰も気にせずに携帯電話を黙々と触っている。母親はこちらの方を見向きもしないので、髪の毛が短くなったことにまだ気づいていない。私は台所の換気扇をつけ、ついでに横の窓もガラガラッと、わざと音を立てて開けた。

「お母さん、携帯電話ばかり見てたら料金あがるよ？　またゲームかなんかしてるの？」

「ううん？　チガウ～」

「もう！　ほら、灰おちるって！　もう吸ってないなら消しなよ～」

「灰、ハァ〜い」

「お母さんもう、何時から飲んでたのよ！」

「モウ〜、モォ〜、モーッ」

「……もう知らない」

にやけた顔で酔っぱらっている母親はいつも以上に上機嫌だった。置いて行った三万円については何も触れないいし、こちらを見もしない。小学生以来、久しぶりにショートカットにしたことさえ、やっぱりまだ気づいていないだろう。

私は、冷蔵庫から大好物のメイトーのなめらかプリンを取り出し、パシッと襖を閉めて閉じこもった。エアコン代はちゃんと払っているのに、私の部屋だけ、いつも帰ってきたら真っ暗高温状態で暑苦しい。

「お〜い朱美。明日あんたバイトあんの〜？」

「当たり前じゃん」

「じゃあ明日、お母さんだけお墓参り行ってくるわ〜」

「……ふ〜ん、わかった」

プリンの蓋を丁寧に剥がしていき、大切な一口目をそっとスプーンで掬って口にした。甘くて、なめらかで美味しいプリン。姉が特別に作ってくれていた手作りプリンも絶品だったけれど、私は同じ味を作れないし、母親はそもそも甘いものが嫌いだから作ってくれないので、スーパーで自分の分だけいつも買ってくる。

「明日、帰り、少し遅くなるかもしんないから先にご飯食べといてねー」

「うんわかった。でも、早く帰ってきてよ？」

「はいは〜い」

母親は、昔に死んだ自分の父親と母親が入っている、へいわ公園のお墓に行くのだ。中学生の頃までは年に一、二回母親と姉と三人で一緒に行っていたが、最近は滅多にお墓参りになんか行かなくなっていた。それでも、母親だけは一人欠かさずマメに行って手を合わせ、いつものようにお墓に話しかけてくる。

「お供えにあんたも何か買っとく？　喜ぶわよ」

「ああ分かった。二千円渡しとくから、お供えしといて」

返事が来たのも束の間、襖がサァッと開いた。

「あれっ？　あんた髪の毛切ったのね。あんま似合ってないわよ」

「いいじゃん、好きで短くしたんだし。ほっといてよ。ほら、もう渡したんだから出てってよ。出てって！　ちょっと足挟んでる！」

「あれ？　今度はモウって言わないの？」

「むかつく。もう頼まれても何にも買ってこないからね」

「おお〜、こわっ。あんた、なんか最近変わったわよねぇ。第二の反抗期かしらん。もう、もう、もう〜、はははは」

　酔っぱらった母親は本当にしつこくて鬱陶しい。私は母親を追い出し、さっさとお風呂に入って部屋にこもることにした。今日三万円渡したばかりなのに、所持金のほぼ全てである二千円が無くなるのはカナリの痛手だ。ただ、お墓についてはは行けないし、明日は給料日。母親がお供えの花を決まった場所で買うのも、金額も分かっていたので、仕方なく渡してしまった。

　珍しく自分で食器洗いをし始めた母親。軽快な口笛と鼻歌が交じり、襖の隙間からすると聞こえてくる。そういえば、毎年お盆辺りになると変なテンションになるんだったと次々思い出し、畳んである布団の上に大の字になってバサッと寝転んだ。

　母親にはやっぱり敵わない。

「お母さん。お姉ちゃんって、今年帰ってくるのかな？　何か聞いてる？」

「ああ、中々返事返ってこなかったけど、昨日返信きたわ。仕事だから無理だってさ」

「ふ〜ん」

「朱美〜、あんたどっちが食べたい？　大根おろしか大根サラダ」

「ええ？　別にどっちでもいいけど……」

寝ころんでいた少し横らへんで携帯電話のバイブレーションが鳴り響いた。姉の話をしていたところなので、まさか久しぶりに姉から電話が来たかと思ってしまったが、全くの見当違い。手を伸ばして携帯電話を取り、画面の表示をパッと見ると、それはなんと、セツナさんからの着信だった。

セツナさんだ！　と、私は寝ころんでいた体を勢いよく振り起こして、四つん這いになりながらも転がりこけるようにして立ち上がった。パシンと襖を急に開けたからか、ビックリした顔でこちらを振り向く母親。とにかくそんなことは今どうでも良い。

形振り構わず玄関の扉を開け、まだ空の明るい夕方の外へ裸足で跳び出した。

「は、はい！　もしもし。セツナさんですか？　もしもし、もしもし」

「……もしもし。朱美ちゃん？」

セツナさんの声に身震いする。

透き通った優しい声は間違いなく、セツナさんの声だった。

「電話きて、本当に良かったです……」

張っていた肩がするりと下に落ち、知らぬ間に意識が遠のいていた。

「ごめんね、朱美ちゃん。連絡できなくて」

「はい」と言った自分の言葉に気づき、薄っすらと目を開ける。

「朱美ちゃん、沢山連絡くれていたのに本当にごめんね。連絡したくても、なかなか出来なくて。実はね、色々あって、今月いっぱいで、今の家から引っ越すことになったの」

「えっ？　ヒ、ヒッコシって、と、遠くに行っちゃうんですか？」

一瞬、マンションの七階を見上げていた時の悲壮感と絶望感が甦り、バッと空を仰いだ。

「ううん、大丈夫よ。ちゃんと会えるくらいの距離に引っ越すから。けど、色々と急だから、まだはっきり言えなくて……」

「そ、そうですか……、よかった」

「どう？　朱美ちゃんは、最近何か身の回りに変わったこととかない？　大丈夫？」

「はい。学校も休みだしバイトばっかりです」

「そっか、大丈夫ならよかった。朱美ちゃんまだ夏休みだものね」

私はセツナさんの引っ越し発言で軽い胃痛を起こしかけたが、何とか堪えた。ただ、セツナさんも、珍しく落ち着かない口調だった。

「セツナさんは、大丈夫なんですか？」

「大丈夫よ。朱美ちゃん、一杯心配させちゃったわね……」

「はい。本当に、心配していました」

　頑張って明るく笑おうとしたが、つい口ごもってしまう。

「朱美ちゃん、会えるの少し先になっちゃいそうだけど、それまで連絡待っててくれるかな。色々と、やらなくちゃいけないことがあるんだ。それが終わったら、ちゃんと落ち着くと思う。そうしたら、また二人で会おうね」

「はい。待ってます。ちゃんと待ってます」

「約束ね！　ありがとう。あっ、ちょっと人が戻ってきたみたいだから、電話一旦切るわね。朱美ちゃん、またね」

「や、約束です！」

　通話時間は一分五十七秒。あっという間の出来事だった。


　いつの間にか扉下の茶色い焙烙皿は片付けられていた。

　今日の夕空もとても綺麗だった。真っ昼間の炎天も凄かった。蒸されて残った熱は辺り一面にモアモア漂っているけれど、自転車で軽やかに走っている浮雲のような私には少しの不快さも伝わってこなかった。

　家に帰ってポストを見ると、ネットで買ったタクティカルペンがようやく届いていた。ピアスを買うより、まずはこれだと思って買ってみた物。殺虫スプレーで狙うのは過去に母親で失敗しているので、携帯用催涙スプレーは諦めた。絶対手元が狂う。ボールペン型のスティックなら、万が一の時でなくても文具として使えるから嬉しい。

私は早速パッケージを破り、小箱の中の商品を取り出した。手に取ると、ずっしりとした重みがある。唾をのむ程の緊張が走るが、また、それと同時に、精神的に安心が得られた気もして、買ってよかったと満足する。

私は最近買ってほぼ毎日着ている黒いポロシャツの腕ポケットに、得意げにタクティカルペンを閉まった。


「おはよう、朱美ちゃん。今電話大丈夫?」

電話はまた突然だった。なかなか連絡がないとうつぶせていたところ、いきなり金曜日に会えることになった。母親には、今日は大切な用事があるからといって了解を得る。

忙しい週末のファミリーレストラン。私はバイトどころじゃなくなる自分を恐れて、いつも以上、三倍以上に頑張った。身だしなみに気を付け、笑顔を絶やさないように席までお客様をご案内し、呼び出し音が鳴れば我先にと向かう。丁寧に料理を配膳し、深くお辞儀をしたら、また他のテーブルの隅に置かれている空いたお皿を、会話の邪魔にならないように引いて行く。なるべく時計を見ないように歩き回った。いつもなら欲しい休憩もいらなかった。

バイトが終わったので、急がなくてはいけない。なまぬるい空気を感じながら時計を見ると、十時二十七分。私は自転車にまたがり、急いで待ち合わせの駅まで向かった。何故だろう。とっても会いたかったのに、会うのが今とても怖い。怖くなってきた。無我夢中のはずだったのに。

突然北方角の闇の向こうで、稲光が走った。ハッと眼球や意識が止まり口をひらく。一瞬の閃光を再び見ようと、遠方の夜空を追って待つ。また光った！　隠れていた積乱雲が鋭い光でいっぺんに映し出された。暗闇の中に白煙がたちこもっているかのような天井の空模様。幻想的なようで混沌とした怪しい世界。風の吹かない熱帯夜は、火照った体をオブラートのように包んでいく。肌に浸透し、酸素を奪っていく。

私は息を切らして興奮していた。目には見えない自然な力が走り渡っていく感覚。漕げば漕ぐほど速度が上がっていく車輪。疾風をつくりペダルをまわしつづけ、体を反復させて揺らし、チェーンの循環音を聴き届ける。自転車のグリップは手の汗でびっしょりだった。ギュッと握って離さず集中して左右のペダルを踏み込んだ。

細かい段差でも前かごの荷物が浮いて躍り、重いスタンドが後ろでハネて足手まといな音を立てる。リュックサックをしょっている背中は高温サウナの壁みたいで、ポロシャツを肌にへばりつけ、不快な重荷をさらに増やす。機械仕掛けのように動く太ももをおもむろに見つめて汗を落とし、頼みの綱のレヴォシフトを一段一段、力強く絞り込んでいく。ギアをロースピードにチェンジし、仕掛けの負荷を変える。この小橋の坂を越えてまっすぐ行けばセツナさんに会える。グリップを握る手に一段と力が入った。ハンドルを横に横に揺らして体をたおす。まるで犬みたいに口を思いっきり開けていたら遠吠えを上げたい衝動にかられた。止まったら負け。絶対に足を着きたくない。太ももが早い悲鳴を上げていても、心臓がバクバク破裂しそうになってきても、それでもペダルを踏んで踏んで踏み続けて漕いだ。周りの景色は見えないし、しんどくてたまらない。それなのに、なぜか苦しい程に小気味よくもなってきて、前に進むのが妙に快感になって気持ちいい。限界を越えれば熱さも辛さもきっと遠のくのだ。

上り坂をやっと越え、無駄にかかっていた力に気づき、体中の神経を指と共に振りほどいた。ヘトヘトで、足の裏も熱くて、ペダルを離してみたり、引っ付けたりして、まるでボロボロな壊れかけのロボットみたいになって、ほとんど力尽きていた。干からびた視界と意識、口のねばつき。顔や肩にも力が全く入らない。出血しているのかとも思われるような重い滝の汗。私はセツナさんに会いたい。

「セツナさんっ！」

「えっ、朱美ちゃん⁉」

全身でブレーキをかけた。タクシーから降りようとしていたセツナさんの姿を、駅前の大通り沿いで見つけることができた。私の姿を見て驚いてる美しい女性は、紛れもなくセツナさんだった。夏の終わりを惜しむような真っ白でまぶしいフレアワンピース。その袖や裾には可愛らしいカモミールの黄色と、ヒマワリのように鮮烈に目を引く二色の黄色が、二段重なってヒラヒラし、クルリと一周まわればオシャレな日傘が開いたような花の装いをしている。いつもの巻き髪は後ろで丸く束ねてあり、ウェーブした乱れ毛が一筋垂れて頬にかかっていた。誰もが振り返るようなセツナさんの姿。サングラスをかけてマスクをしていても、私はすぐセツナさんだと気づけた。

「このまま、待っててもらっていいですか？　行き先は――」と、セツナさんは降りようとしていたタクシーの運転手さんに伝えていた。

「朱美ちゃんこのタクシーで一緒に動こう？」

私は自転車から降り、慌ててすぐ近くの有料駐輪場のレールに前輪タイヤを挟んだ。危うく自転車の鍵をかけ忘れそうになって焦る。

鍵は、どんな時があっても絶対忘れてはいけない。

あたふたと前かごの荷物をリュックの中に閉まっていると、セツナさんは黒いタクシーの前で無邪気に手を振ってくれていた。

鮮明なはずなのに、ぼんやりと見える不思議な夜の世界。漆黒の水面に漂うたくさんの白銀の粒。すりガラス越しの向こう側にある光はきっと遠くて眩しい。黄色にも金色にもなって様々に点滅しはじめる私の記憶。

近くなのに、遠い。遠かったのに、近かった。今までの道のりも、気力も、風と一緒にフッと消えてしまっていた。

四　消失

エアコンが効いている静かな車内。私は何も話せぬまま、まだ進まないタクシーのフロントガラスをそわそわ見つめていた。いつもより煌々と明るく見える目の前の信号灯。私は前のめりになって歯を食いしばった。目の前の大きな赤色信号が、青色に変わる瞬間を何としてでもこの目で見届けたかったのだ。交差点の赤色信号は嫌いだ。信号が青色に変わり、やっと気を緩めて腰を下ろす。そして、ゆっくりとタクシーが走り出す。平行に前進しはじめる沈黙。ふたたび訪れた車内の沈黙。闇夜のフロントガラスには、小さな雨粒一つ当たっていない。

二人の空間の静けさに揺られ乗るようにしてセツナさんは、「やっと会えてよかった」と、ポツリと呟いた。私は顎を下げ、短く頷くことしかできなかった。セツナさんの気持ちの奥が、夜の街景色の影に隠れて見えてこない。それでも横顔を見つめると、水色のアクアマリンのピアスが雨粒のようにキラリ耳元で揺れていた。セツナさんに、いったい何があったのだろう。私は自分の浅い感情の中で、溺れそうになった。

今セツナさんに会えたことで、私は喜んでいいのだろうか？　赤信号でまたすぐ止まってしまった車内で、私は一人混乱した。何年ぶりの対面かのような、沈黙と、疲労と、忘我。やっと会えたはずなのに、自分の答えが見えてこない。汗は自然と乾いていき、エアコンのファンモーター音が耳鳴りのように聞こえはじめる。

「朱美ちゃん、どうしたの？　大丈夫？」という声で私はフッと我に返った。

「髪の毛切ったのね。一瞬誰か分からなかったわ。フフフ」

セツナさんの声調は、シリアスなものからまったりしたものに変わった。私の腕に体を寄せ、そっとこちらを覗き込んでいる。

気品のあるシュッとした足先に視線を滑らすと、今日は大胆な黒白の水玉模様のパンプスを尖らして履いていた。何事も無かったように嬉しそうな顔をして、私の短くなった髪の毛をサラサラ触って面白そうに撫でている。セツナさんの細い指先で触れられるごとに、私の固い緊張や不安はパラパラと乾き切った土のように剥がれ落ちていった。

「似合ってるわ。朱美ちゃん。なんかカッコよくなっちゃった。少し痩せちゃったかな」

セツナさんはこちらを見ながらゆっくりサングラスを外し、ようやくマスクをとって素顔を見せてくれた。だが、暗闇の中に薄白く映る表情は笑顔だったけれど、どこか沈んでいてかなしそうでもあった。

私はさっき鞄の中に入れたものを大人しく思い出し、自分の持っていた答えを手元に置いて改めて深呼吸した。

「これ、セツナさんに」

「えっ？　ありがとう朱美ちゃん。これ……って、アルフォート」

「セツナさん、美味しそうに食べていたので」

「ありがとう」と言い、セツナさんはしばらく私と同じように膝の上でアルフォートの箱を見つめていた。

「いただきます」と、丁寧に言い、パッケージを開けて慣れた指先でフィルムを切る。自分の食べ方があるのか、くるっとチョコレートを裏側にし、口を開けてそっと頬張ろうとしている。セツナさんが食べるまでのしぐさを私がまじまじ見入っていたからか、セツナさんはニッと笑って、一口でコロンと口のなかに入れた。

「フフ、おいしい。朱美ちゃんも、ほら？」

照れ隠ししようもない距離から、セツナさんは私の口の方にも一つ運んでくれた。格別に美味しい、甘いアルフォートだった。なごやかなセツナさんの笑顔が見られて、とても嬉しかった。私も安心して、ホッと笑顔を返そうとしたら、セツナさんはいきなり私のほっぺの高いところに軽いキスをした。私は頬張って固まったまま、セツナさんの瞳をまっすぐ見つめる。フロントガラスから眩しい光がサーチライトのように差し込み、セツナさんの横顔と十字架のネックレスが一瞬照らし出された。

「朱美ちゃんも、ほら」と、セツナさんは自分の頬を横に向けてニコリと微笑んでいる。凍らしてあるペットボトルの麦茶だけレジ袋に入れて縛り、合わせて鞄の中に入れておいたから、チョコレート部分は溶けていなくてよかった。でも、レジ袋に入れておいた冷凍ペットボトルを見たら、びたびたに袋の中で溶けて汗をかいていた。まるで車内の狭い沈黙に頼っていた、今の私と全く同じ状態のように。

たじろいでいる私を見て、セツナさんは私の頬に柔らかい横顔を摺り寄せてきた。私は照れるも何もない。息をのむのも忘れて、ねばりつくチョコレートの甘さに戸惑った。

「あれ、朱美ちゃんこっち向いて?」

セツナさんの方を振り向きなおしたら、セツナさんは私のおでこにまたキスをした。

「ふふふ、はいもう一個。あ〜んして」

吹き出しそうになるのを我慢して口を開けると、セツナさんはアルフォートを私の口に入れるふりをして、自分の口にまたポイっと入れてしまった。

「フフフッ。……ほら、朱美ちゃんも」

セツナさんはいたずらな笑みを見せながら自分の頬に人差し指を置き、そっと合図を送ってきた。私は小さく頷き、セツナさんの肌の匂いを嗅ぐようにして今度は頬に口づけする。

「……朱美ちゃん。ありがとうね」

お互いに、自然に寄り添い、ひそやかに手を握る。座高の低いタクシーの運転手さんは、顔も動かさず、黙って前を向いたまま安全運転していた。私たちだけの世界を邪魔しないでほしいという圧迫した空気を、感じ取ってくれていたのだろう。

ただ、セツナさんの小さなバッグに入っていた携帯電話は、新着の通知音を、遠慮なく車内に響かせて邪魔をした。セツナさんは、だいたいリョウさんの車の中でも小まめに携帯電話を触っていたけれど、今日は通知音が何度か鳴っても携帯電話を触ろうとはしなかった。

「雷、光ってるわね。雨、降るのかな……」と、セツナさんは、雨を気にしている風でもないのにまた、ポツリと呟いた。まるで、電源の入っていないテレビ画面を見つめるような無表情で前を向いている。きっと、セツナさんは雨が降るも振らないもどちらでもいいのじゃないかなと、思った。それに、私からの返事もいらない。むしろ、雨が降ったって傘なんかいらないっていう乾いた表情をしている。雨が降ることを心配げに呟いた声と、本当は全く気にもしていないという目付きの矛盾がとてつもなく妖しくて奇麗だ。

私はセツナさんの横髪を撫でよけて、白い首筋の匂いを確かめながら軽く甘噛みした。セツナさんの反応は、声や顔ではわからなかった。けれど、首筋の皮膚がひゅんと硬くなって上がり、ウッと顎が動いたので、噛んだことには気づいているみたい。

「ククッ、朱美ちゃん、今噛んだでしょ？」

「……はい……」

気が遠くなるような甘い匂いがする。私はセツナさんを見つめ続け、耳に触れた。

「セツナさん、もういちどキス……してみてもいいですか？」

セツナさんは可笑しそうに微笑みながらもコクンと頷いてくれた。緩い吐息。柔らかい唇の奥のふくらみの隙間。私は恐る恐る上唇を押し当てて、セツナさんと初めてキスを交わした。

私は車内にいる間中ずっとセツナさんにもたれかかり、二人きりの空間に酔い痴れていたのだった。


「このあたりで止めてください」

どうやら、最初に伝えていた目的地あたりに着いたらしい。セツナさんは運転手さんの止めた料金パネルを見て、五千円払い、おつりをもらわず、小さなバッグのチェーンベルトを肩にかけた。おつりが千円以上あったからか、タクシーの運転手さんは嬉しそうな顔をして、二度も三度も頭を下げていた。

「セツナさん、ここってどこですか？」

「新しく引っ越したところの近くよ。ここからは歩いていきましょ」

街路灯の目立つ暗い住宅街。広い一本道の上り坂を曲がっていくと、すぐに狭い十字路になる。古い一軒家やアパート、綺麗なマンションのエントランスの照明、遠くを見ると集合住宅の建物から所々家の明かりが見えている、静まり返った場所へと降り立った。

「……ここの道、少し暗くて危ないですね」

「うん、そう？」

セツナさんは、治安も悪くなさそうな閑静な住宅街である為か、気にせずコツコツハイヒールの音を立てて歩いている。でも、私は人通りの少ないこの小道から、信号も無く一気に大通りに抜けられる先程の一本道を想像して少しゾッとした。

いつでも躊躇《ちゅうちょ》なく左腕から取り出せるようにあのペンは持っている。

覚悟はできていた。自分の身は自分で守る。自分の大切な人を守るために警戒する。

じゃなきゃ、いつだって狙われる。

「ここが新しく引っ越したところよ」

白熱電球の温かい色をした間接照明で、ひっそりと照らし出されるマンション名と、季節はずれの浅緑色をした人工的な観賞用植物。

恐らく十四階以上は軽くありそうな高層マンションに到着した。なだらかなスロープが伸び、灰色の厚い壁も迷路みたいに続いていく。段差の低い階段を何段か上がっていくと、ショーウィンドウのように磨き上げられた二重のガラスの自動扉が前を塞いでいた。

「はぁ、すごいですね。エントランスにソファーまで置いてある」

「前のマンションより、オートロックがしっかりしてるし、日中は管理人さんもいるから良いわ。前の方が、部屋は広いけどね」と、そう言いながらセツナさんは、壁に貼り付いた黒い部分に何かをかざし、見上げるほど高さのあるオートロックの自動ドアを開けていた。

「ビルっていうか、まるでホテルみたい」

私は、緊張して身を縮めていた。由花の家の一軒家も、新品の消しゴムみたいな建物で綺麗だったけれど、ここのマンションはまず規模が違う。斜め上に設置されている防犯カメラや、見たことのないセキュリティー。自動ドアの玄関やら、日中に滞在する管理人やら、とにかく防犯が行き届いていて、眺めているだけでも、自分がここにいるのは場違いだとわかる。

セツナさんの後を引っ付いていき、中へそのまま進んでいくと、右側にはなんとフロントがあった。コンシェルジュとわざわざ英語で書かれた白いプレートまで置かれていた。

でも、夜が遅いからか、管理人さんもいないみたいだし、こんなに大きなマンションでもエントランスには住人の姿は見当たらない。

フロントからもう一枚の自動ドアを通過していく途中、何組ものテーブルとソファーが設置してあった。エントランスの中心部を囲むようにガラス張りされている中庭。セツナさんのヒールの音だけが冷たく響く空間。風もなく、ひと気もない密閉されたフロア。この安全な高層マンション自体を不気味にも不愛想にも感じた。足元を見ても枯れ葉一枚、ごみ一つも落ちていない。

高精度の液晶モニター付きエレベーターに乗って三階にたどり着くと、先ほどの一階の玄関やフロントなどとは全く違う、狭い一本通路が伸びていた。白い横壁には、等間隔に凹んだ四角いスペースがあり、覗いてみると黒い玄関の扉や、横壁に付くインターホンをおもてから隠してある。まるで隔離された収容施設内のようで重苦しい。

恐る恐る歩いていると、セツナさんは通路真ん中あたりの三〇八号室の前で足を止めた。玄関の扉を再び自動解錠し、頑丈な扉をふわっと軽々開ける。

玄関は想像より狭く、天井も気にかかる程に低かった。

私はセツナさんがハイヒールを脱いでいる間に施錠の方法を探って鍵を閉めた。鼻先に漂う化学薬品みたいな臭いと、無香料の除菌剤っぽいニオイ。病院や歯科医院で嗅ぐにおいとはまた違う、塗料っぽいニオイが気分を鈍らせる。軽く息を止めて辺りを見回すと、どうやら前のマンションの玄関にあった複数のスリッパやビニール傘は、ここにはないらしかった。

「セツナさんは、一人で住んでるんですか？」

「もちろんそうよ〜。朱美ちゃん自分の家だと思って、気つかわないでね」

セツナさんが前かがみになって靴を脱いでいる最中、ものの数秒で玄関の電気が消えてしまった。

「あっ、消えちゃった」

セツナさんは私の言った言葉に反応せず、しゃがみながら手を左右に大きく振って、照明装置の場所をチェックしている。

扉を開けた瞬間に既に玄関の照明が点いていたのは、センサーライトだったからだ。

「セキュリティーがしっかりしてるのはいいんだけど、玄関の鍵や、電気まで自動なのはちょっとね。良いのか悪いのか……」

眉を下げ、困り顔で呟いているセツナさんは、このマンションの全てを気に入っているわけではなかった。人感センサーで光る白くて眩しいＬＥＤの明かり。帰って来た人間を確認し、常に監視しているみたい。

「ここの明かり、ちょっと眩しいよね。何秒間かしたら、まだいるのにすぐ消えちゃうし。ん〜、色々設定変更できないか、明日管理人さんに聞いてみようかな」と、セツナさんが心配そうに手を振っていても、この便利なセンサーライトは何度か消えた。

リビングへ入って行くと、正面には真っ白い貝殻のようなソファーが置かれていた。それ以外は見回してみても何も無く、ぶ厚いカーテンが黒く閉じられているだけ。

場所は変われどセツナさんのいる空間はやはり殺風景であった。

「……セツナさん、管理人さんって男の人ですか？」

「うん？　ええ、二人位いるみたいだけど、両方男の人だったわよ」

「照明の事で、もし、業者の人が部屋に入ってくることになっても多分男の人ですよね。セツナさん、綺麗だし、もし一人暮らしって知られちゃったら、私、心配です……」

セツナさんは、返事に困る感じでもなく、上を向いたまま軽くこたえた。

「朱美ちゃん心配してくれてるのね、ありがとう。多分大丈夫よ。通路やエレベーターにも監視カメラはあるから。さっ、こっちにきて、座ろう」

「……はい」

そういえば、セツナさんは先ほどの心細い暗い夜道でもわりと平気そうだった。住む地区や、セキュリティー体制も調べてここに決めているのだろうから、それはそうかもしれない。私の心配し過ぎなのか。

「リョウ……さんは、来てくれるんですか?」

「えっ、何で?　こないわよ?」

「か、レ氏、じゃないんですか?」

「んん、違うわ」

「そ、そうなんですか。てっきり、セツナさんの彼氏かと思ってました。ごめんなさい」

「いいのよ、謝らないで。間違い、ではないから。実際に、最近まで彼氏だったしね」

「えっ、最近って?」

「ちょうど、あの日、朱美ちゃんがお家に帰った後、喧嘩になって別れたの」

「あの日って?　な、何かあったんですか?　私がいて迷惑かけちゃったとか……」

「全然朱美ちゃんは関係ないわ、大丈夫。もうね、ずっと前からそんな雰囲気あったから」

セツナさんはサバサバとした明るい声をして言った。私はリョウさんが仕事やプライベートなどで顔を出してくれれば、きっとどんなセキュリティーよりも安全なんじゃないかと思ってしまい、つい、知らずに失言してしまった。それに、自分で口にした言葉を考えると、男の人から女の人を守るのは、また男の人なのかもしれないとも思い、気が重くなった。

「セツナさん。私、やっぱり心配です。ストーカーとか、盗撮とか。一階がオートロックでも、管理人さんいない時に入ってこられたり、監視カメラがあっても、マスクして、帽子被ってたら、顔なんて隠せちゃうし。もしかして、同じマンションに住む人とかも、セツナさんを見たら狙う人もいるんじゃないかって……」

「朱美ちゃんにとっての私は、いつでも怖いオオカミに狙われる、か弱いウサギちゃんなのねっ？　フフフッ、私もちゃんと気を付けるから大丈夫だよ。ありがとう」

セツナさんは小さな手を滑らせて、私の左頬を包んだ。優しい笑顔と、弾む口調で安心させてくれようとしているのだろう。

しかし、それは、作り笑顔以外の何物でもない。せっかくセツナさんがありがとう、と言ってくれているのにも関わらず、私はホッとできなかった。心のどこかの枝に、問題が引っかかったままでいても、私は自然に受け流して、つい忘れてしまったという、今までみたいな曖昧な自分に戻りたくなかった。

「どうして、リョウさんと別れたんですか？」

セツナさんの優しい作り笑顔は、瞬く間に消え落ちていった。

無言のまま、生気のない表情でソファーに深くもたれかかり、「裏切りよ……。裏切り」とだけセツナさんは言った。猫が眠そうにして、ある一点だけを見留め透かしているように、自分の研がれている爪先を気だるく指の腹で触っている。

「私、シャドウで働いてたでしょ？　やっとね、辞められたの。ずっと前から本当に足を洗いたかった。毎日がツラかったの……」

下の歯と、顎だけで喋るセツナさんの唇に、柔らかさや甘さは見えない。見え隠れするのは、優しい影と、退廃だけであった。

「辞められたんですね……」

「うん。何もかも全部……大変だったけど」

セツナさんは、ソファーの肘掛けにだらしなくもたれかかり、不満気な表情をしている。その姿は、リョウさんの運転する車の中にいた時とまるで同じであった。首を傾け頬杖つく横顔も妙に鋭く、私を見つめ返す瞳の色も掴みどころがない。この時、あの香りはいつの間にか薄らいで、全く漂ってこなかった。

「リョウはお店もやめて俺と別れるっていうなら責任をとれって言ってきたの。違約金、損害金を払えって。ペナルティーなんですって」

「は……」

「私、一度も辞めたいってリョウに弱音は吐かなかった。リョウの怒りっぽい性格も我慢していたし、会話すらままならない冷たい態度をとられても仕事をしながら黙って耐えていたわ。私、この数年の出来事が、たったペナルティーのお金を支払うだけで済むのかって思ったら、なんか自分が情けなくなってきてね。『店で決まっている罰金の百万円、すぐに用意するから』ってリョウに言って、近くのATMで五十万円引き出して残りをリョウの口座に携帯で振り込んだわ。それで事務所に戻ったの。デスクの上に五十万円入った封筒を置いて『残りはもう振り込んだから』って伝えた。私、リョウに、もう一度、最後に謝ってほしいって言ったの。今まで色々な約束を破ってきたこと、お母さんへの仕送りって嘘をついてギャンブルに使い込んでいたこと、新人の女の子にすぐ手を出していたこと、最近はアイラちゃんと内緒で事務所や車でSEXしていたこと。私、いつかは改めてくれるって全部我慢してたのよって。そうしたらリョウは、お前、勝手に携帯電話を見てたのか、って突然殴りかかってきたわ。見てない！　携帯電話を見なくても長年一緒に居たら分かることだってあるって言おうとしたところ、まさか目のあたりを拳で殴られるなんて思ってもなかった。そんなに携帯電話を見られるのが嫌なんて。私の携帯電話の中身は良くチェックしていたのにね。なかなか目のまわりのあざが消えなくて、眼帯姿じゃとても朱美ちゃんに会えないし、心配かけると思ったから、しばらく会えなかったこともあるの。ゴメンね。今は正直に言うわ」

「……ひ、ひどい」

セツナさんは黙ってこくりと頷いた。

「もうね、なんかね。疲れちゃった……」

私は、セツナさんの言葉の先に追いついていけない。セツナさんの神妙な顔つきを見つめているだけでツラくなり、身動きできぬまま、かたまってしまう。

「人ってね、人を裏切ったり、はめたりしちゃ駄目なのよ。約束は一度したら最後まで守らなきゃ。リョウは約束を守れない自分を責めるように、私のことも責めたわ。私は、約束は果たした。だから胸を張って辞められた」

「セツナさんにそんなひどいことするなんて」

「……朱美ちゃんなら、こんな話でも聞いて、わかってくれるんじゃないかなと思ってね。私、最初から言ってたでしょう？　もう信用できるの朱美ちゃんくらいしかいないのかもしれないって。あれ本当なんだよ」

セツナさんは真っ直ぐ私の方を見つめてきた。心の中に入り込んでくるような黒い瞳に私は思わず息をのむ。

「覚えてます。一緒に海に行った時にそう言ってくれたの。すごく嬉しかったです。まだ会ってから間もないのに」

「私、最初ね。あのロータリーで朱美ちゃん見つけた時、家出した子だと思ったの」

「ええっ、家出ですか？」

　セツナさんのコロリと豹変した屈託のない笑顔に驚いたが、私に家出少女疑惑があったという言葉にも驚いた。

「そうそう。駅前で降りる女の子の送迎があったから、たまたま近くを通りがかったんだけど、ベンチに大きいバッグを持ってうずくまってる朱美ちゃんを見て、大丈夫かな、もしかして帰るところが無いのかなぁって思ったの。私、どうにかしたくて、リョウに様子を見てきてほしいって頼んだのよ。でも、あれは失敗だったわ。リョウは遠目で見ていても怪しい感じだだし、朱美ちゃんもリョウのこと、すごく警戒してそうだったもんね」

「はい。早くどっか行ってほしいって思ってました。でも、セツナさんが慌てて私の所まで来てくれた時は本当にびっくりしたし、まさか、声をかけてくれるなんて思ってもなかったんで、嬉しかったです。あの時は、すごく疲れてたんで」

「あの時って、何かあったの？」

　セツナさんの何かあったの？　という言葉に私は再びキンと凍り付いた。セツナさんから、何かあったの？　という質問を、今まで一度もされた覚えがなかったので、どう答えていいか分からない。

　たちどころに私は、私や由花や聡、康太の四人でいた不満な記憶がよみがえってきた。

退屈なビーチや由香の家での記憶。由香や聡、夜、夜にあの男に、聡に、あの男に、嫌な記憶までも順に重なって押し寄せてくる。

「あの日は、前に話した我が儘な由花っていう同じクラスの友達と、その彼氏、あと、その紹介で来てた男子と四人で、海の帰りにお泊まり会することになってたんです。でも、私、お泊まり会の途中で嫌になって、勝手に出てきちゃったんです。明け方で、何となく家にも帰れないし、眠たくてスッゴく疲れてたんで、あそこで休んでたんです」

「そうなんだ。だから、荷物が多かったのね。でも、早朝に嫌になって出てくなんて、誰かとケンカでもしたの？」

セツナさん自身さりげなく聞いていることであっても、私にとっては質問の一つ一つがあまりにも重たく、鎖が伸びて巻き付いてくるようで苦しい。何で由花と、聡と、ケンカしたのか。頭ではわかっているのに話せない。

「私、男の人が野蛮で嫌いです。だから、お泊まり会も行きたくなかったんです。二対二で、しかも付き合ってもない男の人と部屋で一対一ですよ？　我慢できなくて、どうしても無理でした。友達も私に、途中で出てくなんてありえないって――」

私はギリギリの範囲内でセツナさんに本当のことが言えたと思い、ホッと一息ついた。だけれど、セツナさんの表情は、何故か浮かない風で濁って見える。何か、気に障ることを言ってしまったのか？　セツナさんからの返事はなく、前を見つめたままひじ掛けから離れた。

「朱美ちゃん、約束して？　絶対、二人の間に隠し事をしないこと。それと、嘘をつかないこと。私も守るから。だから、必ず誓って」

セツナさんは温厚な表情を浮かべていたが、どこか、黙って物事を見届ける強い先生のような、考え深い声をしていた。

私は膝を抑えて四角張り、立ち上がってこちらを見つめ直すセツナさんの瞳を追う。黙って頷く私を見つめるセツナさんの目は強い。私は圧倒され慌てふためき、心臓を膝と気管で挟みこんで押しつぶした。答えなんて簡単なのに言えない数秒間。セツナさんのまっすぐな瞳は、白か黒かを求めている。

「嘘はダメなの。私も約束するわ。隠し事も嘘も、朱美ちゃんには絶対しないことを」

冷たい部屋の中は、まるでガラスの水槽内。セツナさんと私だけがいる無音の一室には、慣れない虚脱感が広がり始めている。

そんな中、セツナさんは波紋を作るように重たい間を零し落としていった。

「私の仕事、覚えてる？　フーゾクジョウで、デリバリーヘルス、シャドウの一応主任だったって。フーゾクの仕事は知ってる？　デリバリーヘルスでする内容って、わかる？」

「聞いたことがあるので……、なんとなくわかります」

「だいたい分かるのね。なら、自慢できることでもないから、これ以上は言わないでおくね……。でもね、失ったものが、あまりにも大き過ぎたの……七年間……」

　セツナさんは、深く溜め息をつき、私の隣に座り直した。虚ろな顔をするセツナさんはやっと背中の重荷を下ろしたような姿をしている。部屋の明かりが横顔の表情を照らすが、達成感や思い出に浸れるような風通しのいい光は射していない。どちらかいうと、まだあの事務所にいた頃の空虚な影を引きずってしまっている。私はセツナさんの七年間の疲れや悩みを知らない。七年間、どんな思いで毎日過ごしてきたのか。セツナさんはきっと今、私に語ってくれるのだろう。もし、セツナさんの話を今聞くならば、私はセツナさんの失ったモノの、痛みの数をちゃんと聞き留められるのだろうか。誰しも避けるのではないかと思う、自分の過去の辛い話を、今、セツナさんが私にしてくれる信頼を、しっかり受け止められるのだろうか。

「朱美ちゃんのあり得ないと思っていることを、このあいだまで私は仕事にしてやっていたのよ。しかも、毎日、何人の人とも。そんな私の話でも、聞いてくれる？」

「はい。……でも、リョウさんは、仕事を止めてはくれなかったんですか？」

「リョウが二人でやろうって言ったのよ。デリヘルの店をやりたいから協力してほしいって。俺を助けたいって思うんなら本気で助けてほしいってね。それが一つの約束だった」

セツナさんは、うつむきながら細い肩を落としていたが、今度は眠気を立った顔をして、緩やかな坂を上っていくように語り始める。

「リョウとは、二十二歳の時に出会ったのがきっかけなの。いい雰囲気になって付き合うとかじゃなくて、必然的にずっと一緒に居るようになったわ。私、そのころ、とっても両親と仲が悪くてね。母親は気が弱くて、いつも父親のいいなりだったし、父親は自分がいつも正しいっていう人だった。遊びもしない、お酒も飲まない堅物みたいな父親との関係は、とくに最悪だったわ。門限とか、身なりに凄く厳しくて、少しでも気に入らないと叱られてた。おしゃれもしたいし、行きたいお店とかも沢山あるのに、許してもらえなくてね。私も高校まではなんとか我慢してたんだけど、まさか大学に入ってまで続くのか？　って不満もかなり溜まってたんだ。たまたま、そんな時、大学の友達が、ネットで仲良くなった人と会うっていうから、四人でどっか飲みに行こうってなったのよ。最初リョウと会った時は、何この人って感じで気味が悪かった。黒い軽ワゴンに、黒いジャージっぽいのを着て、髪の毛の色だけ派手な金髪だったから、とっても怪しかったわ。私、友達と故障しそうなその車の後部座席に乗った時は、もしかしたら、このまま誘拐されるんじゃないかと思ったもの」

私は深く相槌を打ったが、どうしてもセツナさんとリョウさんの結びつきが分からない。

「でもね、あの時に、もしかしたらとっても良い人なんじゃないかなって、思ってしまったの。初めて会った日、夜も暗くて寒かったから、みんなで早くお店に入ろうって車から降りて歩いてたの。その時にね、リョウが急に向こう側に走って行ってガードレール付近でしゃがみ込んだのよ。三人とも、一体何があったんだろうって駆け寄って行ったら、おじいちゃんが、ガードレール下でグッタリ倒れ込んでたんだ。リョウは、『大丈夫ですか？大丈夫ですか？』って必死に声掛けしてて、鼻元で息を確認してた。私も友達もリョウの声掛けにすぐ反応して、急いで『聞こえますか？　大丈夫ですか？　聞こえたら反応してください』って協力して、脈を測ったり、名前が言えるか聞いてみたりしたわ」

「大変だったんですね、おじいちゃんは大丈夫だったんですか？」

「うん。おじいちゃんお酒臭かったけど、ちゃんと意識もあったから多分大丈夫だったと思う。リョウが『車に乗せて病院まで運ぼう』って言うから、私も友達も、『すぐ救急車を呼んだほうがいい』ってなってリョウがその場で電話したの。ちゃんと数分後には救急隊の人が来てくれて、無事に運ばれていったわ」

「リョウさんが気づいてくれて良かったですね」

「そうね。だから、その時に、この人危なそうな感じの人だけど、もしかしたら優しくて良い人なんじゃないかなぁって思ったの。人を助けたいって思えて、一生懸命行動できる人ってなかなかいないと思うのね」

「そうですね。私もセツナさんにロータリーで助けられました」

セツナさんは、天井を見上げておかしそうにニコリと笑った。

「私、リョウにはトキメキもしなかったし、恋愛感情っていうのが分からないうちに、一緒に居るようになったの」

白い天井を見上げながらセツナさんは、未練のあるような眉をし、どこにも寄り添わない表情をしていた。どうしてセツナさんは、リョウさんにトキメキも覚えなかったのに、ずっと一緒に付き合ってこられたのだろうか。

今、抱えている複雑な心境に耐えなければいけない程の、何があったのだろう。

「……好きっていう気持ちと、困っていたら助けてあげたいっていう気持ちは違うものなのかな……。男の人と女の人だと、抱き方も、抱かせ方も、すれ違っちゃうのかもしれない」

私はよく分からず首を横にかしげたまま、弱弱しく語るセツナさんを見つめ続ける。

「セツナさん、何でリョウさんといるようになったんですか？」

セツナさんは何度か目を泳がして、天井を仰いだまま呆然とし、より沈痛な表情を浮かべていた。

聞きたいことが山ほどあっても、最大の謎が頭にずっと浮かんでいた。

セツナさんはなぜ風俗の仕事をするようになったのか、何でリョウさんは、大切な恋人に風俗の仕事をさせたのか？

「リョウは、簡単には感情を見せない無口な人だったわ。楽しく盛り上げようと、リョウ以外の三人は頑張っているのに、一人だけサラダばっかり食べてたし、返事は聞き取れない位小さい声で、目も合わせようとしない。出てきた料理をよそって小皿を回しても、お礼も言わないし、会計の時も離れて知らんふり。私、リョウの変わらない無表情や不愛想な態度に、自然と引っかかってね。何で、この人しゃべらないんだろう？　倒れていたおじいちゃんを、あんなに真剣に助けようとしていた姿もあったのに、何で普通にしていると、あったかい雰囲気が漂ってこないんだろうって。四人でいても、ぎこちなかったし、友達も最初会うまでは凄くウキウキしていたけれど、今度は早く帰りたいって言い始めた。二人に送ってもらうつもりもなかったから、友達と二人でバスに乗って帰ることにしたわ。よくある、つまらない合コンになってたのよね」

私は合コンを経験したことがなくても、聡や康太、由花との四人でのお泊まり会と似ていたので、簡単に想像できた。

「友達も最寄り駅が一緒だったから、途中まで一緒に帰って、あとは徒歩で嫌々家に帰ることになったの。慣れない夜の道を一人で歩いてて、門限もとっくに過ぎていたから本当はそのまま家になんて帰りたくなかったんだ」

「はい、その気持ち、凄くわかります……」

「勇気を出して家の門前まで着いて、こっそり鍵をさして開けようとしていたら、暗い中、急に後ろから白い光に照らされたの。道の邪魔にもなっていないのに二度も三度も、わざと眩しく照らしてくるから、振り返って車を見たわ。それは、よく見れば、先ほど別れたばっかりのリョウだった」

「え、リョウさん、家、知ってたんですか？」

「ううん、知らない。住んでるところとか、全く教えてなかったもの。友達にも、後から聞いたら、私のことなんて、何にも教えてないって言ってた」

「セツナさんの跡……、ツケてたのかな」

「たぶん、バス停からつけてたのかもね。私もビックリしたわ。だって、いきなり後ろにいるんだもん。それに、車のエンジンをかけたまま、運転席から顔を出して、『車に乗りなよ！』って声をかけてきたのよ。私、驚いて声も出なかった。それに、何で一緒に車に乗らなきゃいけないのか不可解に思って、最初何も言わず首を横に振ったの」

「……そうですよね、聞いてるだけじゃ、とっても怪しいですもんね」

「うん。でも、車のエンジンもカラカラかけっぱなしでうるさいし、声も周りに響くくらい大きかったから、私、父親や母親が起きてこないかとか、近所迷惑になって後で変な目で見られたらどうしよう、とか思って、車の方へ焦って駆け寄って行ったの。友達は帰ったみたいで、車の中はリョウ一人だけだったわ。私が運転席の方を恐る恐る覗いたら、リョウは妙にニタニタ笑っていて、また『早く乗りなよ？』ってジロっと上目遣いで言うの。私、向こう見ずにハンドルを握っている粗雑な顔つきが不快で、リョウに『どうしてここにいるんですか？　もしかしてお酒でも飲んでるんですか？』って聞いたの。一緒にいた時は飲んでいなかったけれど、不気味に笑う顔が飲酒しているみたいに見えてね。そしたらリョウは、『お酒なんて飲んでないから大丈夫だよ。それより、みんなファミレスで待ってるよ。四人で今からカラオケに行きたいって話になってる。だから頼まれて、ここまで迎えに来たんだ』って、言ったの。それを聞いて私、迷ったわ……。家には帰りたくなかったし、友達が待ってくれているなら、この際、もう遊びに行っちゃおうかなって」

「……セツナさんの自由だし、別に、いいですよね」

下を向いたままのセツナさんは、思いつめたようにしばらく黙っていた。

私は、重々しい雰囲気を少し変えようと、

「セツナさんの友達も、早く帰りたいって言ってたわりに、もう一人の人と、本当はイイ感じだったんですね。わからないものですね」

と言った。だが、私の一言で、セツナさんはグッと肩をこわばらせた。憔悴《しょうすい》していた表情は、みるみる煮え切らない顔になっていき、何度も首を横に振りながら、隣りにいる私を呆然と見つめている。

「友達なんて、待っていなかったのよ」

「えっ？」

「リョウだけだったの。友達は待ってなんかいなかったわ。私を連れ出す口実だったみたい。ひどいでしょ、嘘つくなんて。後部ドアに手をかけて乗ろうとした時も、『今、後ろに荷物があるから、とりあえず前に座って』とまで言われたし。助手席に座って、あとでチラッと振り返って見たら、荷物なんて何も置いてなかったのよ」

「……嘘ばっかりじゃないですか！」

「そう。車に乗って移動している間中も、先輩と電話してるふりをしていたらしくて、ずっとファミレスに到着せずに走り続けてたわ。私、元来た道に戻っている気もして、友達に、『今向かってるよ』って連絡しようとしたの。そうしたらリョウは急に電話を切ったふりをして、『二人とも、先にカラオケ店に向かったんだって』って言ったわ」

私は憤りの山もはるかに通り越える程の寒気を、背中にゾゾっと走らせた。セツナさんは、物憂げな顔をしたまま、長い前髪をかき上げて足を組んでいる。疲弊した表情の影は残っているものの、浮かない感じにみえる目元は妙に涼しげであった。何を考えているのだろうか、上がったり下がったりする坂道をきわどくカーブしたり、加速したり、ゆっくり走って遠くを見たりして、まるで車を自分で運転している顔つきをしているセツナさん。

私は息をのみながら、慎重にセツナさんの表情と話の行方を追った。

「友達が待ってるカラオケ店はどこですか？って聞いたら、リョウは行けばわかる、とか言わなかった。私が友達に電話しようと携帯電話を手に取ったら、『運転中、気が散るからやめて』と言ってくるし。私、不安になってきて、リョウに、『本当にカラオケ店に向かってるんですか』って聞いたわ。そしたら、リョウは全く私の質問なんか無視して、前を向いたままニヤニヤして答えてくれないの。車もどんどん郊外に向かってて、交通量もほとんどない県道をひたすらまっすぐ走っていたわ。私、段々怖くなってきて、リョウが嘘ついてるんじゃないかって、その時はじめて気づいた。車が向かっていたのは、真っ暗で人気のない港のふ頭付近だった。人通りも全くない場所を見つけて安心したのか、リョウは軽ワゴンを脇に止めてヘッドライトを消したの。その日の夜は、風も強くて今にも雪が降りそうな空だった。カラカラ異音のするエンジンだけが壊れかけの心臓のように動いてた。車内の薄っぺらい鉄板下からシート、狭い天井までも、全部が貧相で頼りなかった。私、真っ暗闇の中、ずっと動きを止めて黙ってたの。この人どうしたいんだろうと思って、リョウの横顔をずっと見つめてた。何がしたいのかなんて怖くて聞けないし、リョウが何を言うのか油断できない。それに、いきなり襲いかかってくるかもしれない。私、一か八かの分かれ道だと思った。そしたらリョウがね、『さっきの店で、自己紹介してた時の、君の名前……、セツナって本当の名前なの？』って、妙に落ち着いた声で聞いてきたの。私、首をかしげて『はい、本名ですよ』とだけ答えたわ。リョウは『そうなんだ……』って下を向いて、何度か首を揺らして頷きながら、また一言、私にたずねてきたの。『ずっと、一緒に死んでくれそうな人を探してたんだ。セツナちゃん、俺と、このまま一緒に死んでくれない』って。私、暗闇の中で消え入りそうにつぶやくリョウの声に、一瞬凍り付いたけれど、そのまま冷静にもなって、リョウに質問を返したわ。『何で、今死にたいんですか？』って」

「セツナさん、怖いはずの状況なのに凄いですね。私だったら車の扉を開けて逃げようと必死だったと思います」

「うん。私も普段だったら、全然違う行動をとってたと思うわ」

「何でリョウさん、死にたかったんですかね。どう見ても、人よりコワそうな見た目だし、高そうな眼鏡して、携帯電話も二台も持ってたし……。仕事で疲れてたとかですか？」

「ううん。今では、朱美ちゃんが見た通り、黒いピカピカの車に乗れているし、パリッとした清潔感のある恰好をしているけれど、出会った当初は、仕事も、派遣や工場勤務とかを転々として寮住まいだったらしいし、あっちこっちの借金で、グルグルだったのよ。」

セツナさんは十字架のネックレスをくるっと触り、繊細な金色の輝きを放っている鎖骨の中心をじっと見つめていた。

白い横顔は寂しそうで、口調はぼんやりと重い。

「リョウが死にたいって言ったのは、借金の問題もあったけれど、田舎にいるお母さんのことがずっと気がかりだったらしいわ。リョウのお母さんは、心臓の持病があって、毎月の生活費や家賃はリョウが今まで一人で助けてたらしい。今になってみれば、本当かどうかなんてわからないけどね。地元じゃ仕事も見つからないし、お金も多く稼げるからっていうので、早くからこっちにきて、期間工？　期間従業員として働いていたらしいの。最初は良かったんだって。真面目に働いて、お金もお母さんに毎月振り込めて、貯金も少しずつでも出来ていって」

「そうだったんですか。でも、リョウさん、何でそんな借金ができちゃったんですかね」

「借金はギャンブルでできたの。もちろん、原因はリョウ自身よ。結局仕事もしんどくて、借金返済もできず、住むところも、お金もなくなって、死のうと思ったんだって。お母さんを安心させるはずだったのに。一生懸命働いて正社員になるはずだったのに、何一つ約束を果たせていない自分が、全て嫌になったんだって。お母さんとの約束を守れず、辛そうに嘆くリョウの姿を見て、私がどうにかしなくてはいけないんじゃないかって、思えてきたの……」

私の謎が半分解けた気がした。

ふ頭での一件があってから、セツナさんは早々に家を出たらしい。勝手な家出をしない、音信不通にならない、そして父親が一切そこに会いに来ないという色々な条件付きで、近くの女性専用の賃貸マンションを用意してもらったのだとか。厳しいお父さんを説得できた大きな理由は、セツナさんが父親に対して「許可してくれないなら勝手に家を出て行くから」と迫ったのと、母親がセツナさんをかばって一人暮らしに賛成をしてくれたことだったらしい。

そこまでは、驚きながらも頷ける範囲だった。だが、私はリョウさんとの話でまた混乱し、言葉を失った。死にたいと、車の中でくたびれていたリョウさんのことを、セツナさんも私も、甘く見ていたと言わざるを得ない。古い軽ワゴン車以外何も持たない無職の人だと、勝手に思い込んでしまっていた誤解も悔やまれる。なぜかというと、セツナさんに死のう、死にたいと言っていたリョウさんは、既に高収入求人欄を見て応募し、セツナさんと会う数か月も前からデリバリーヘルスの送迎ドライバー兼スカウトとして勢いよく働いていたそうなのだ。

セツナさんは、全く何も知らなかったのだ。リョウさんが風俗店で働いていたこと。リョウさんにちゃんと家があったこと。それが、風俗店の寮だったこと、全部知らなかったのだ。たとえばそれでもいいとしよう。色々と事情はあるし、まして出会ったばかりで、お互いの家庭環境や学生時代も知らないのだから隠すつもりじゃなかった、はあると思う。でも、リョウさんの隠し事は、聞いていけばいく程用意周到で残酷非道なものであった。

家を出て間もなく、一人暮らしを始めていたセツナさんは、求人アルバイト情報を探しつつ、リョウさんに、自分がアルバイトをして得た収入をそのままお母さんへの生活費に充ててくれたらいいと伝えていたらしい。これが、セツナさんがリョウさんと交わした大切な約束だったのだ。

セツナさんはもちろん、風俗店勤務という考えなどは微塵もなく、近くのパン屋さんで働きたいと思っていたらしいのだから、リョウさんの段取りとしては、いまいち面倒だったに違いないだろう。

出会ってからの毎日、リョウさんは必ずセツナさんの居所を聞き出し、迎えに来たのだという。セツナさんが断っても、近くで車を停め、ずっと監視するように待っていたそうだ。一緒に遊んでいた友達は、それに気づき、なんだか気味が悪いし、怖い、アヤシイから連絡とるのやめときなよ！　と反対したらしい。

リョウさんは、遊んだ後のセツナさんをひろって自分の寮へ行き、部屋に入ると同時に仕事があるからと言って、外から鍵をかけてしまうという。スペアキーを渡されていないから勝手に家を空けて外には出られないし、家にも帰れない。セツナさんは、いつまでたっても帰ってこないリョウさんを待ち、何時間も待ち続け、終いに待ち疲れて寝てしまう。そんな日が、数日も続いたそうだ。

セツナさんは、自分を閉じ込めるだけ閉じ込め、はっきりしない生活態度を続けるリョウさんに対して、くすぶっている時間ももったいないないし、早く面接にいって勤めなければ、お母さんへのお金を工面できないと、とうとう伝えたらしい。だが、朝方帰ってきたリョウさんは、クタクタだった膝をつき、いきなり頭を下げて「一生のお願いだ」と懇願してきたのだという。

「自分の職場、今人がいなくて大変なんだ。セツナ可愛いからさ、一度だけでもいいから撮影の仕事受けてくんない？　頼む！」と。セツナさんはその時、リョウさんがデリバリーヘルスの送迎ドライバーだったとはまだ知らなかった。借金返済の為、昼夜問わず配送サービスをし始めたんだとしか聞いていなかった。自分の職場のコールセンターサービスの広告モデルになってほしいんだと、一生懸命目をつぶるリョウさんに最初は戸惑ったという。私だったら、セツナさんと同じように戸惑うし、嫌だと思う。でも、きっと断れないかもしれない。

本当のことを隠し、実は仕事が送迎ドライバー兼スカウトと言っていたとおり、話を聞いているだけでもリョウさんの思惑が分かる。

「とにかく今すぐにでも返事が欲しい。もうセツナしかいないんだ！」と、ひざまずくリョウさんの強い押し頼みにセツナさんは負け、私でいいなら協力するわ、と言ってしまったという。リョウさんはセツナさんの返事を聞いて、これで自分のクビも免れる、昇給だってあり得ると喜んで、深く感謝してくれたらしい。

セツナさんはリョウさんの喜ぶ姿を見て、アルバイトで働く前に先に一つ、役に立てたんだと思い、肩の荷を下ろしたという。

そして、その二人のかみ合わない喜びも、ほんの束の間だったと、セツナさんは淡々とかたりつづけていった。

私は、セツナさんがリョウさんのお願い通りに動いたこと、職場の事務所に連れていかれ、リョウさんだけは早々に仕事に戻ってしまったこと。のちに関係者の数人が乗るワゴン車で、撮影の現場と称した町外れのスタジオに移動していった――流れのあたりから、続きの内容を聞くに堪えられなくなっていた。踏み込んではいけない話だったのかもしれない。私は心底身震いを起こし、悪寒と吐き気を覚えた。

セツナさんは話している最中、何も嬉しくも、楽しくもないのに、薄っすらこちらに身を寄せて笑っていた。私はセツナさんの微笑みの中に、心の悲鳴が聞こえた気がした。セツナさんの黒い瞳を見た瞬間、薄い灰色のガラスが眼前で砕き散るような衝撃の錯覚が起こった。氷のような破片がそこら中に飛び散って、私の喉や心臓に突き刺さる。乾いた唇も、衰弱した背中も、打ちひしがれて震えているのに、瞳孔だけは、やけに落ち着き払っている。表面は固いのに、胸の内が変形して捩じれるようで痛い。

セツナさんがなぜそんな目に遭わなければいけないのだろう。リョウさんは、セツナさんにすがって、助けられて、微笑んでもらえたはずなのに、どうして裏切ったのだ？　私は、言いようのない絶望を感じた。何を信じればいいのか？　何を疑えばいいのか？　何が一体、人をそうさせるのか。

一仕事終えてスタジオに戻ってきたリョウさんは、衰弱しきったセツナさんを見て嘆いたという。まるで、自分だけが手に入れた、とっておきのおもちゃを壊されたような動揺顔で怒り狂っていたとか。仰向けになったまま動けないでいる自分の横で、どうでもいい物に当たり散らすリョウさんを見つめながら、セツナさんは一言たずねたらしい。

「リョウはね、知らなかったみたい。だから『今から事務所に殴り込みに行ってやる』って息巻いてたわ。でもね、私『あなたも私も悪いんだから諦めましょう』って言ったの。それに私は、もし誰かに言ったらお前の家族全員殺すぞ。録画も身分証も撮ってあるから、撒くのだって簡単だからな？　って言われてたし。リョウはそのことも何も知らずに、泣いて謝ってきたわ。

泣いて許されることでもないけれど、私自身、何もかも許さないっていう気にもなれなくて。ね、ね？　……おかしいわよね。自分でもその時、何で私、自分の前でうずくまって泣くリョウの頭を撫でてあげてるんだろう？　って思ったもん。自分の腕を上げるのがやっとの状態だったのに……」

私はセツナさんの乾いた表情をずっと眺めていて、自然と涙がこぼれてきた。胸が苦しくて、喉が苦しくて、涙が止まらなくなっていた。自分の話をしているのに、からっぽな顔をしているセツナさん。その表情を見ていると、胸がえぐられるように痛い。

「……あれ！　泣かないで朱美ちゃん」

セツナさんの表情と自分の記憶が重なり合い、悲しみの衝動で大きく心が揺さぶられる。

「ごめんなさい。何も知らずに聞いちゃって」

セツナさんのカラッとした笑顔は変わらない。声だって、私の手を握るあつみだって、あたたかさや頼もしさを包み込むように教えてくれている。

たとえば、人の話を聞いて泣くなんて、他人に何がわかるの？　と思われてしまうとする。それは、何もわかるはずもない。でも、寄り添うことができるのならば、いっそ分かり合いたい。

私はセツナさんの手をギュッと握った。つぶれそうな喉の痛みをこらえ、うかつな涙を頬の上で引き伸ばす。

「セツナさんの気持ちわかります。本当は……私も、されました……無理矢理……」

ついに言ってしまった。

「本当は友達とのお泊まり会でも、襲われそうになって逃げてきたんです。私はセツナさんと違って、自分で招いてしまったことです。悔やんでも悔やみきれないのに、犯人を恨んだり、友達を責める権利なんてなくて」

無力の限界だった。過去の鎖に縛られた体に、引きちぎれてしまう程の痛みが伴う。圧し掛かる苦しみに、我慢もできず耐えられなくなりそうだった。決して誰にも言わないはずの、隠し通すはずだった過去のことを、簡単に言葉にして逃げてしまっていた。

私はずるい。優しくて強いセッナさんとは違う。

「ごめんね……。私が少し、話し過ぎたせいね。朱美ちゃんごめんね……」

私はセッナさんのその言葉を聞いて、一瞬涙を流しながらも息を止めた。何でこのようなちょっとしたミスが、甘さが、人の人生を狂わせるのだろう。セッナさんの鍵と、私の鍵は違うけれど、女性を守る為の鍵であったに違いない。女ってだけで弱いのに。守れなかった……。変えられない闇を抱えて生きていくにはあまりにも辛い。

だから、強くならないといけないんだ。

五　焦燥

私は次の日の朝、いったん家へ帰った。ひさしぶりの二〇三号室の鍵を開けると、そこに母親はいなかった。私の新しい生活が、二学期の始まりよりも一足早くおとずれた。

今日は、前々から母親に誘われていた外食する予定が入っていたので、セツナさんには夜遅くなるかもしれないと予め伝えた。それに、ある程度、必要な荷物も揃えて持って行かなきゃいけない。洗面用具や部屋着、他の衣服なども。これからは、この家と、セツナさんのいる家との行き来になるのだから。

私はせまい洗面台の前に立ち、右耳に光る涙型のアクアマリンの揺れを得意げに確認していた。昨晩、何もついていない私の耳元を見て、セツナさんが自分のピアスの片方をくれたのだ。何もかもが上手くいっているように感じられて、心が躍って仕方ない。

「もしもし、今バイト終わった。お母さん今どこなの？　後ろがうるさくて声聞こえないよ」

「今駅よ。たまには駅近くでご飯っていうのもいいかなって」

「ええ、家の近くとかじゃないんだ。別にいいけど、どこで食べるの？」

「お店はもう決まってる。予約すると割引になるって書いてあったから。時間通り早く来てよ？　もうお母さんは近くまで来てるから」

　母親は確か近所の回転ずしに行きたいと言っていたのに、言うことがコロコロ変わるな、と思いながら、私は自転車で駅まで向かっていた。お店の名前を聞いたら、お酒を飲まない人でも聞いたことのある有名な大手居酒屋チェーン店だった。大人が一緒で十時迄であれば、どうやら高校生でも入っていいらしい。私は居酒屋が初めてだったので、母親が、私を連れて居酒屋に行くなんて、まだちょっと早いんじゃないかなと思った。私は、酔っぱらっている人が沢山いそうな居酒屋は気が進まなかった。


「お母さん、今どこ？」

「あっ、もしもし朱美？　今、お母さん先にお店の中に入って座って待ってる。中に入ってきて」

「ええ、お母さん外に出てきてよ～、なんか入りにくいし」

「そうね、わかった、わかった」

　さすが月末の土曜日なので、にぎやかな人が多い。平日の夜や、十時以降のまばらな雰囲気とは全く光景が違う。電話をすぐ切った母親は、お店の出入り口から小走りで出てきた。腕を伸ばして大きく手招きしている姿は、パート帰りのしみったれたグレーのパーカー姿ではなく、オーガニック好きみたいなベージュの、垢抜けした女性っぽい服装をしていた。あんな服持ってたっけ？　と思いながらも、自転車の鍵をかける。

「今日ここね、生ビールもチューハイも全品半額で飲み放題なのよ。それにクーポンまで使えるし」

「ええ、そんなに飲む気なの？」

「大丈夫。帰り、困っちゃうでしょ。そんなに飲まないから」

「本当に？　お母さん、酔っぱらったら知らないからね」

「わかってる、わかってる！」

母親と、半個室のテーブル席に案内され、冷たいおしぼりを丁寧に渡された。私が働いているファミレスとは違い、新規のお客様や新規のオーダーにはとても威勢のいい反応をしてくれる従業員の人たち。時給が高くて羨ましいけれど、酔っぱらいの人も沢山いるから大変だろうなと思った。

私は緊張しながらも最初の飲み物をオレンジジュースと伝えた。

「あんたとこうやって居酒屋に来るなんて、初めてよね。あれ？　右耳のピアス、どうしたのよ？　また高そうなのしてるわね。何、水色のダイヤモンド？」

「アクアマリンだよ。綺麗でしょ」

私は得意げに耳元を見せた。

「お待たせいたしました～。生中と、オレンジジュースです」

「ありがとう」

母親は私にはありがとうとは言わないのに、ひざまずき、飲み物をさし出す男の店員さんにはとてもにこやかに、愛想よく笑っていた。

「お母さん、ここによくくるの？」

「えっ？　ま、まあね。時々」

手早くおしぼりで両手を拭き、すりガラスみたいに凍るジョッキの持ち手をがっしりとつかむ母親。いつになく表情が生き生きとしている。まさか街なかの居酒屋で母親とご飯を食べる時が来るなんて予想もしていなかった。

〝枝豆二八〇円、若鶏の唐揚げ四八〇円、ホッケの開き七八〇円〟たぶん高くはないのだろうし、決して安くもないのだろう。小学生の頃は今よりお金に余裕がなくて、醤油や味噌を買うことだってためらっていたのに。お米や肉が買えなくて、半額弁当や半額の食パンを冷凍してしのいでいた時もあったのに。姉のバイト代や私のバイト代があって、母親もだいぶ楽になったのだろうと、改めて外の場で感じた。でも、母親の空き缶のゴミや、吸殻は当時もあったな。

「乾杯っ！」

冷たい生ビールが美味しいのだろう。母親は一気に半分くらいまで飲んでしまった。私はメニュー表にかかれていた通常ソフトドリンク三五〇円の値段を見て驚き、飲み放題でよかったと安心して口を付けていた。セツナさんとした海での乾杯を比べるのもひどい話だけれど、母親とする乾杯は平凡なものだった。でも、正面向いて母親と二人で飲み物を交わすのも悪くないなと思った。

母親は泡の付いた口元を紙フキンでパパッと拭き、グシャグシャっと片手で丸めた。今日の母親は、どうも様子がおかしい。お酒の飲みっぷりはいつもと変わらないが、珍しく塗られたファンデーションは厚塗りで、目元のメイクも失敗したぬりえみたいになっている。全く似合っていないロングスカート姿は、違和感しか覚えない。

「お母さん、何？　今日のその格好。そんな服持ってたっけ？」

「ああ、昨日いいなって思ってたまたま買ったの。安かったのよ、これ」

「ふ〜ん。でも、ロングスカートとかベージュとか、お母さんの好みじゃないよね。それって何、イメチェン？　えっ、もしかして」

「えっ？　もしかしてって、言ってみて！」

「……お母さん、もしかして彼氏でもできたの？」

私は、あんまり当てたくないことを聞いてしまっていた。どうか違うと言ってほしい。

「大正解！　なんでわかったの？」

「マジで……。本当に彼氏なの」

「うん、彼氏」

「いつからなの？　何歳？　どこの人」

「一週間前から付き合ってる。お母さんより五歳年下の人よ」

「どこの人なの？　どこで会ったの？」

「どこの人って、はは。日本人よ。ネットで出会ったの」

「何してる人？」

「仕事は建築系ってだけは知ってる。いい人よ。とっても優しくて」

母親は恥ずかしそうに目を横にそらした。

私は母親の、色っぽく微笑む顔なんか見たくなかった気がした。私と目をそらしたって、本人がここにいるわけでもないのに。でも、まあ仕方ないのかもしれない。母親もずっと一人だったんだから。私のお父さんにならなければそれでいい。

私はシラっとオレンジジュースにささっているストローを回し、口に付けて吸った。周りの盛り上がった笑い声や、従業員の人たちの大きなかけ声。半個室の中で、わりと大きな声で話していても、自分たちの声がよく聞き取れない。

「優しいってさ、どこが優しいの？　付き合う前から男の人が優しいなんて、あんま、ありなり得ないと思うんだけど」

「あんたにはわからないのよ」

私はムキになり、本当は人には聞かれたくない内容をわりと大きな声でしゃべり続けた。

「お母さん、その人大丈夫？　本当は不倫とかじゃないの」

「大丈夫！　今まで結婚したことないからずっと独身だったんだって」

「本当？　今、実は結婚してました、子供もいましたって流行ってるじゃん」

「あんたテレビも見ないのに、そんなこと知ってるの？」

「携帯のネットニュースで見たくないのに上がってくるの！」

「とにかくお母さん、その人と真剣に付き合ってるのよ」

「まさか、ここに来るとかはないよね？」

「大丈夫、来ないから！　誘ったには誘ったんだけどねぇ、木曜から土曜にかけて原さん、出張で連絡がなかなかつかないのよ」

「そんな急になんか会いたくないし」

「あんたもそういうと思って、まずは彼氏ができたっていう報告だけをしようと思ったの」

私はオレンジジュースのストローを口にくわえたまま母親の顔を睨んだ。

「出会ってどのくらい経つの？」

「ん〜、出会ったのは一か月くらい前かな。まだほんとに最近よ。食事をして、次会った時に一緒に飲みに行って〜ってくらい。初めて会った時、送ってくれた画像よりカズミさん綺麗ですねなんて言われてさ、ふふふふ」

「そんなん嘘だって」

「ふふ。原さんって、声がとっても渋くてね。お酒を飲んでる時も穏やかでいい人なのよ」

「画像とか持ってるの？」

「あ、ああ、あるある。あるわよ。本人、とっても写真が苦手だって言ってたから、会うまで全く顔も知らなかったのよ〜、シャイな人よね。でもね、ついこないだ一緒にお酒飲んでる時、こっそり横顔だけ撮っちゃったのよ。ふふふ」

母親が同じクラスにいる女子のように一瞬見えた。

いつも家でお酒を飲んでいる時のボーっとした老け顔とは違って、テレビを見て笑ってる一人きりの笑顔でもなくて、誰かを思って、笑っていた。

「出てきた？　写真」

　私は、もっと母親に意地悪なことでも言ってやろうかと思ったが、今はやめておいた。それに、きっと原さんという人も、母親にそんなお世辞を言ったのだから、シャイな人なのに頑張ったと思う。

「ほら、これこれ。この人。……グラス持ってて、半分こっち見てる、短髪のこの人が原さん。奥に映ってる人は別で、知らない人よ」

「えっ、どれどれ、見せて？」

　私はウキウキしている母親の手から携帯電話を取り、写真を拡大して見た。同じように喜んで見るわけじゃない。どんな人か一応見てみたかっただけだった。


「どうしたの？　朱美」

「何？　大丈夫？　あんたお腹でも痛いの？」

「……フッ」

「アップして見てるんだから分かるでしょ？　……あっ！　ちょっと、あんた人の携帯放り投げないでよ！　……ん？　朱美、大丈夫？　寒いの？　手、ふるえてるわよ」

「大丈夫なの？」という母親の声はよく聴こえていた。返事はできたはずなのに、注意を払って進まなきゃいけないのに、私は前後も考えずフラフラになりながらトイレへ駆け込んでいた。個室では間に合わず、鏡の前の洗面台に顔を突っ込んだ。背中がゾクッとする。苦しくて窒息してしまう。やっと、忘れかけていたのに。冷や汗が出てきてビリビリと震えが出てくる。画像に映っているあの男は、あの夜、私を襲った男に間違いなかった。

あの薄ら笑い。頬がコケている骨格、茶黒っぽい肌に短髪。あの細い目。私は腕ポケットに刺してあった何の役にも立たないタクティカルペンを取り出し、両手で握りつぶすようにして怒りを抑えた。これじゃ足りない！　私はタクティカルペンを振り上げて床に叩きつけようとしたが止めた。私は、右耳のピアスを掴んで必死に気持ちを落ち着けようとした。どうか、嘘であってほしい。この現実が嘘であってほしい。

私は、朦朧としたまま母親のところへ戻り、ちょっと用事ができたから、飲んでてと、言い残して居酒屋を後にした。

母親に何をするつもりなのか。あいつは私を知っているのか？　母親は何も知らない。知るはずもない。母親に、あいつが近づいていたなんて、私も気づかなかった。おもむろに携帯電話を取り出すと時間はまだ九時前。私は自転車の鍵を開けて、セツナさんの所へと向かっていた。

「ど、どうしたの！　朱美ちゃん？」

私はセツナさんに形振り構わず抱きついた。

「セツナさん。私、母親が、母親が、私をレイプした男と付き合ってるんです。お母さんに、何かあったら、私、どうしよう！」

「と、とりあえず、中で話しましょう。朱美ちゃん、大丈夫？」

セツナさんに促されるまま白いソファーに座り、滝のように流れ出てくる汗を手で拭いている。どうやってここまでたどり着けたか覚えていない。道も、風景も、交差点の人混みも覚えていない。セツナさんは、汗拭きシートを私に手渡してくれ、冷蔵庫からペットボトルのミルクティーとお水を二本持って隣に座った。

仕事もしていないので、ノンメイクのまま髪を束ねていたセツナさん。昨日はファンデーションもしていたし、暗くてあまりわからなかったが、明るいところで見るとセツナさんの片目の下あたりには、紫っぽい小さなアザが薄く残っていた。

「朱美ちゃん大丈夫？　落ちついて」

セツナさんは心配そうに、持ってきたペットボトルを横に置いたまま私を抱き寄せ、肩に手をそっと添えてくれている。

「……どうしようセツナさん。私……」

「朱美ちゃん、これ飲んで落ち着こう」

セツナさんも焦った様子で心配そうに私の顔を見つめている。

「どっちがいい？　お水かミルクティー」

「ミルクティー、飲みたいです……」

私はミルクティーを受け取り、膝の上で包み持っていた。セツナさんは、飲まない私を見て気を揉んだのか、ペットボトルの蓋をわざわざ開けて渡し直してくれた。

「いただきます」

「どうぞ朱美ちゃん。水分とってね」

「セツナさん、目の近くのアザ、大丈夫ですか？　もう痛くないですか？」

「ああ、大丈夫よ、もうすっかり。ありがとう。そんなことより朱美ちゃんの方が心配。顔色も少し悪いわ……」

頭の中で土砂崩れが起こっている。

大声で叫びたいけど、声が出ない。

深刻なはずなのに、さっきまで母親と一緒だったことを忘れかけてた。今日は何曜日か、私はもっと、苦しむのか。

「……あの男。私をレイプした男。暗かったから、顔ははっきり見えなかったんですけど、わかるんです。あの男なんです。私の首を絞めてきて、あの時殺されてたかもしれないんです。そんな人間が、どうしてまた近くにいるんでしょうか」

「朱美ちゃん、お母さんは、今どこなの？　大丈夫なの？」

「……母親とは二人きりだったんですけど、おいてきちゃった」

「その男は、どこにいるの？」

「そこまで聞けなかったです。……でも、名前は原だって」

「お母さんの同じ職場の人とか？」

「違います。何か、出会い系サイトで知り合ったみたいで」

「それだと、嘘ついてる可能性もあるわね」

「そうか……。そうですよね。母親は最近知り合ったって言ってて、私にいずれ会わしたいなんて思ってるみたいなんです。私、どうしたらいいんでしょう」

「……お母さん、何も知らないものね。でも、だからといって警察は何も動いてなんかくれないわ。証拠がなければ、取り合ってくれないし、調書を取っている間にこちらまで変な目で見られてしまう。朱美ちゃんが警察官の前に晒されても、きっと嫌な思いをするだけかもしれない。どうしたらいいのか……」

「お母さん。喜んでたんです。離婚してからずっと彼氏いたことなかったから」

「……どうにかして、犯人を捕まえないといけないわ。朱美ちゃんや、お母さんが被害にあわない為にも」

「あっ、お母さんから電話だ……。はい、もしもしお母さん？　さっきはゴメン」

「朱美、急に出てって一体どうしたのよ？　お母さんびっくりするじゃない！」

「本当にごめん。少し気分悪くなっちゃって。早めに部屋で休ませてもらってる」

「そう。そうならいいんだけど。でも、あんた誰んとこにいるの？　由花ちゃん家？」

「ううん、違う。私の大切な人のところ」

自分が、今何を言っているのか頭ではっきりとわかっていなかったが、恐る恐るセツナさんを見返すと、優しい笑顔のままでいてくれた。私は、唯一この時、深呼吸の仕方を思い出せた気がした。

「えっ？　あんた、ついに彼氏できたの！　どんな人よ？　やっぱり何かおかしいと思ったわ。大事な約束とかそういうことね」

「また、今度話すね。ところでお母さんは、今どこにいるの？」

「まだお店の中で一人で飲んでるわよ」

「お母さん、今日私家に帰るから。ちゃんと家にいてね。絶対連絡はするから」

「まあ、いつも言うけど、お母さん、連絡をくれればそれでいいのよ。あんたももう十七歳なんだから、ある程度大人なんだし」

「うん。ありがと。じゃあ、また連絡する」

「はい。無理せずちゃんと休むのよ」

できる限りの防御線を張り、電話を切った。

「お母さん、私が電話に出て安心していました。……今、まだお店で一人だって」

「よかったね。今日はとりあえず家に帰ってお母さんにできる限り情報を聞いておくといいかもしれないわ。朱美ちゃん、お母さんから男のこと聞いたりするの嫌かもしれないけど、大切な手掛かりになるかもしれない」

「わかりました。酔っぱらってる時の方が色々と話してくれると思うので、今日は今から帰ります。すみませんセツナさん、急に来て迷惑かけて」

「いいのよ。お母さんにもう一度電話して、今から行くって言っておいた方がいいと思うわ」

「そうですね。すぐ電話します！」

私はセツナさんのいる前で、母親に居酒屋でまだ待っていてと伝えた。母親も飲み放題の時間までお店にはいると言っていたので、急ぐことにする。

「セツナさん、ありがとうございます。また母親と無事に会えたら連絡します！」

「朱美ちゃん気を付けてね。深呼吸して？」

「はい、セツナさん」

「おっ、朱美ぃ。早いじゃん。彼氏、どんな子なのよ？　あんたも、とうとう彼氏ができたのね〜。浮いた話なんて今まで一度もなかったから、お母さんなりに心配はしてたのよぉ」

「お母さん、顔真っ赤。何杯飲んだの？」

「まだ二、三杯くらいよ。それよりあんた、最近その真っ黒のポロシャツばっかり着てるけど、男の作業服みたいでなんかヘンよ。髪の毛も短いからいっぺんに男の子っぽくなってるし。流行りかなんかなの？」

「これは、これでいいの。動きやすいから」

「ふふ〜。彼氏がショートヘアが好きなのね」

　母親は一人でデキあがっていた。私は、居酒屋で一人だけだった母親の姿を見て安心し、セツナさんに無事母親と会えたとメッセージを入れた。

「で、彼氏はどこに住んでるの？　年は？」

「私の話は今度ゆっくり話すから。それより、今日はお母さんの報告でしょ？　私が聞く方」

「そうだったわね。でも、その話してたらあんたが勝手に出てっちゃったんじゃない」

「ごめん。あまりに急な話だったから、びっくりしちゃったんだって。まさか、お母さんに彼氏ができたなんてさ。お姉ちゃんも聞いたらビックリするんじゃない？」

「あの子はいいのよ。私の話なんて聞きたくないだろうしね」

「私も聞きたくないんだけどさ。でもお母さん。その男と、……もう深い仲なの？」

私はゴクリと息をのみ、目を泳がせないように母親の顔を見詰めた。

「なにカシコマって深い仲なんて聞き方するのよ、笑えるわ。あんたお母さんを誰だと思ってるの。そんなすぐ男女で深い仲になれるもんじゃないし、お母さんだって、よく考えて、この人なら真剣に付き合って行けるかなって思ってる段階よ」

「じゃあ、まだ家にも入れてない？」

「さっきも話した通り、食事しただけ！」

「よかった……」

「なんであんたにホッとされるのかよくわかんないんだけど。お母さんだって女手一つでお姉ちゃんやあんたを育ててきたのよ？　見くびっちゃダメよ」と、言う母親に対しては何のツッコミも入れず、とにかく私はホッとした。お母さんはまだ深い関係にはなっていなかったのだ。

「そろそろお家帰ろ。もう十時すぎてるし」

「ああそうね。じゃあ、あともう一杯だけ」


私は、千鳥足で歩く母親の少し後ろを、同じスピードを保ちながら歩いていた。

「お母さん、大丈夫？　歩ける？」

「大丈夫よ。酔っぱらってないんだから」

「お母さん。そいつ、どこに住んでるの？」

「たしか、川下町。川越えた所の、市と大春町のちょうど境目辺りって言ってたわ」

「近いじゃん……。何？　そいつ、お母さんがどこに住んでるのか分かってるの？」

「まだ知らないわよ。あんたさっきから、年上の男性をソイツ呼ばわりするのやめなさい」

私は、ネットの中でどうやって仲良くなったのかは掘り下げて聞きたくなかったけど、母親が一体どこまでその男のことを知っているのかは聞いておかなきゃいけなかった。

「最近、ネットで出会った人との事件とか多いから心配なんだよね」

「だから原さんは大丈夫。いい人だから」

「いい人なんて……、いい人のふりすることだって簡単なんだよ？」

　母親は眉間にしわを寄せていたが、口ごもって何も言わない。私はすかさず、ネットの出会いについて知っていることを話し続ける。

「同じクラスの女子でも、ネットで出会って他校の男子と付き合ってた子がいたけどさ、束縛が酷くて暴力を振るわれたって言ってた。最初は凄く優しい人だと思ってたのにって。もう一人の子なんて……」

「ネットで出会おうが、身近な人で最初から知ってる人であろうが関係ないわよ。相性っていうのがあるのよ」

　私の方が説得されてしまった。でも、どうにかその男の話を聞き出したい。

「お母さんが心配なの！　綺麗って言われたくらいで、そんなに喜んで、真剣に考えるって言ってるんだから！」

「大丈夫よ。お母さん、自分のことだから」

「わかった。もう何言っても聞いてくれないからいい。でも、その原って人、絶対家にいれないで。それと、ヤッたりしないで。考えただけで嫌。いい人なら、そういうの止めてくれるでしょ？」

　私は泣きたくなる気持ちをこらえて、必死に訴えた。

「言いたいことはわかったわ。はい、はい」

「お母さん、本当にわかってるの？」

「うん、わかってる。それより、あんたもう高校二年生で夏休みも終わりなんだから、進路とかも考えなきゃいけないでしょ。大丈夫なの？　バイト以外でも外、出っぱなしだし、お母さんある程度連絡があれば、あんたを自由にさせてあげてるけどさ」

「宿題もほとんど終わらせたし、進路希望だって毎回就職って出してる」

「まだ一応学生なんだからね。遊びばかりじゃダメよ。先のこと、ちゃんと考えなきゃ」

私は母親の後ろ姿をいつものように睨んだ。自分が偉そうに言いたいだけで、人のことなんか本気で心配していないのに。

母親の背中が遠い。二人の為なのに、安全の為なのに。切実に母親の無事を願う私は、私のことだけ考えていると思われてるから、母親に気持ちが伝わらないのか。

「お母さん、その服似合ってないからね！」

「はいはい。何だったらイイのかしらね」

母親の清潔さを意識しているベージュや白色の女性らしい服装は、私には不潔にしか見えなかった。見透かしているようなギロッとした目つきと、しゃがれ声が私の焦りを掻き立てる。

ふと携帯画面を見ると、セツナさんからメッセージが届いていた。

「犯人は尻尾を掴まれないように絶対自分の身元を隠すわ。何も信用できないし、お母さんに嘘ばかりついていると思った方が良い。本当は免許証や、保険証とかの公的信用のある身分証明証が見られればいいんだろうけど……。でも、まず、安全の為に、お母さんとその男が会うのをなんとか阻止できないかしらね」という内容だった。

私はセツナさんのメッセージを見て、一呼吸を置き、お母さんに改めておだやかに話しかけた。

「お母さん、色々ひどいことばっか言って悪かったけど、お母さんのこと心配してるから言ってるんだよ。それだけはわかって。何でも反対したいとかじゃないから」と、いうと母親は黙っていた。

「お母さん、今度いつその人と会うの？」

腫れ物に触るように母親に聞くと、鞄から携帯電話を取り出し、何やらメッセージのやり取りを読み返している。私は自転車を引っ張って急いで駆け寄り、眩しい携帯画面を一緒にのぞき込む。

「来週の木曜日の夜、ご飯でも行かないかって誘われてて、会うことになってる」

「えっ、木曜日の夜って……」

やっぱりあいつに違いない。木曜日の夜、きっとあいつは同じように母親を狙う気だ。二人のやり取りの内容はスクロールの速さではっきりと見えない。母親は携帯ゲームで遊んでいる時より集中した目で携帯電話の画面を見つめている。そういえば、こんなニヤケ顔して真剣に携帯電話触っていたなと思い返して、私はしぶく目をつぶった。

「そうなんだ。じゃあ、来週会うんだね」

どうやったら、阻止できるんだろう。私は喜ぶ母親の隣で頭を抱えずにいられない。

「お母さんお願い。その人だけはやめてよ」

「何で？　何が嫌なの？」

「全部。すべて……。気持ち悪い」

「何よそれ。ちゃんとした理由もないんでしょ？　まだ会ってもないのに全否定されたら、お母さんだって困るじゃない。別にあんたが付き合うわけじゃないんだからさ」

「……他の人じゃダメなの？」

「朱美だって、その人じゃなきゃ嫌でしょ？」

もう何も言えなくなってしまう。私の悲痛な願いさえ母親には届かなかったのだった。

私は自分の部屋で一人、暗い天井をずっと見上げていた。

あの木曜日の夜の、嫌な記憶が沸々とよみがえってくる。足を掴まれる感覚。圧し掛かってくる重み。吐き気がするような臭い。暗闇の中、口を塞がれて窒息しそうになる恐怖。

私は寝返りを打って広がる暗闇を見つめた。あの男は、何をするか分からない。母親がもし、男の意に背くような行動をとった時、同じように危害を加えられたら、もしかしたら、殺されるかもしれない。

母親はいびきをかいてとっくに寝てしまっているが、私はなかなか寝付けない。閉ざされた部屋、過去の事実。曖昧なようではっきりとした意識。私はあの男の残像を思い出すだけで気分が悪くなった。長い髪はバッサリ切ったはずなのに、寝ころぶ私の横から生え伸びていくように見える。熱くて、気色悪くて首を掻きむしりたくなるのだけれど、爪がかかって引っ掻く寸前のところでグッと踏みとどまる。踏みとどまれるのは、消えない自己嫌悪と、セツナさんへの思いがあるからだった。

いつもの冴えない風景が広がっている二〇三号室は、珍しく換気扇が回っていた。母親は携帯電話を両手で持ち、近眼でもないのに画面にかじりついている。ちらかっているテーブル、つけっぱなしのテレビ、夕方のニュースは色々と騒々しい。

「お母さん、今日のご飯何？　私、今日夏休み最後の日だから、バイト休みなんだ」

冷蔵庫を開けながら、母親に話しかける。

「ふ〜ん」

「元気ないじゃん。あいつと終わったの？」

「あいつって……！　そんなことあるはずないじゃない！」

「何ムキになってるの。また飲んでる！」

「まだ一缶目よ。あんたに関係ないわ」

「そんなこと言うけどさ、それ私が昨日頼まれて買ってきた缶ビールじゃん」

「あんた、いちいちうるさいわね！　いつもならそんなこと言わないのに」

母親はご機嫌斜めだった。

私は冷蔵庫からメイトーのなめらかプリンを取り出して、母親の向かいに黙って座る。

たしかに缶ビールはまだ一缶目だったようで、母親の顔もそんなに赤くはなかった。

「お母さん、何調べてるの？」

私は心配でしようがなかった。椅子に座る母親の背後に周り込んで首を伸ばして覗き込む。

「連絡待ってるの。木曜日の夜から連絡がつかないのよ。週末の出張で連絡が来ないのはいつものことなんだけど、返信も全くないし、日曜日になっても電話もつながらないのよ」

「はっ！」と、眠気も飛んで腹から喜ぶ声を発してしまったが、母親は何も言わず、しゅんとしている。

「へ……へえ……ぇ。よかったじゃん」

母親の意に反して、私は普段使わない表情筋を一気に吊り上げて微笑んでいた。意地悪く「しようがないんじゃない？　しつこく連絡したら余計と嫌われるよ」とも言ってみる。

「コールはなるんだけど、返事がこないのよ」

母親は相当こたえているらしい。猫背がもっと猫背になり、ついに椅子の上で胡坐でなく、ダンゴムシみたいに体操座りしはじめた。

「お母さん分かったけどさ。私お腹すいた」

「しようがないわね。今日は作ってあげる。何がいいの？　簡単なやつにしてよ」

いつもの母親なら、今それどころじゃないと言って携帯電話にかじりついたり、お酒を飲んでテレビに釘付けになっていたりするのに、今日は違った。溜息交じりに重たい腰をスッと上げて机に手をかけている。

「わたし、卵焼きがいい！　アツアツの、ふわふわにしてね？」

「はいはい、わかったわ」

母親は面倒くさそうに返事をし、冷蔵庫から卵をパックごと取り出していた。

私は、母親があの男と連絡を取れていないことに少しホッとし、本当にお腹が空いてきた。そういえば、ここ最近、まともにご飯が食べられていなかったことに今さらながら気づく。明日から学校だ。由花とは友達みたいにもうなりたくない。でも最低限、挨拶くらいはしようか。セツナさんの所へは、バイト帰りにいつでも会いに行ける。それと、肝心な今週の木曜日、母親が男と会うのを何としでも阻止する。私は、前向きでいられた。前向きでいることが、セツナさんと私のため、二人の約束だと信じていたからだ。

「朱美、あんたの彼氏っていくつなの？」

卵を焼きながら話しかけてくる母親。

「二十九歳だよ」

「あら、結構年上じゃない。でも、あんたにはちょうど合ってるかもしれないね」

「でしょ。むちゃ綺麗な人だから、お母さんビックリするかもしれない」

「キレイな人って、あんた表現の仕方が変ね」

「そんなことないし。会えばわかるから！」

セツナさんと母親が会ったらどうなるだろうと浮き浮きしていた私は、週間の天気予報がやっている番組にしようとチャンネルを変えた。母親は、色々口うるさくてもわりと寛容な性格をしている。私の母親なんだから、きっとセツナさんを見たら驚きながらも喜んでくれるだろう。そうに違いない。

　私は焼けてきた卵焼きの甘い油っぽいにおいと、セツナさんと出会った頃に行った食堂の記憶を重ねて思い出していた。リョウさんは私たちを見て、本当に初対面か、なんて質問していたっけ。それはもしかしたら、誰しもが思うのかもしれない。私自身も、こんなにもセツナさんに出会って自分の生き方が急激に変わるとは思っていなかった。もし、セツナさんとあの時出会えていなければ、私は自暴自棄になって、きっと学校に行く気さえ持てず、全てを諦めて、全てをやめていたかもしれない。

「朱美、今のチャンネルにして」

　私は返事をせず母親の言うとおりにチャンネルをとめた。神妙な顔をしてニュースを読み上げる女子アナウンサーの顔をぼんやりと眺めていた。そんな時だった。

「……お母さん。……お母さん、お母さん！」

「えっ、何よ」

「これ……！　ちょっと……！」

「はぁ？」

「見て、見て……⁉」

「ちょっと待ってよ。火つけてんだから」

「待てない！　ちょっと早くお母さん……。原、原じゃなくて、林原智弘容疑者だって！」

母親はお皿を手に持ったまま無言になり、棒立ちで固まっていた。

「……林原智弘容疑者（43）、連続婦女暴行事件の犯人……、逮捕、容疑を否認……強盗強制性交等などの余罪を追及」

私は背筋が凍った。事件名、罪名のテロップを見て、自分の身に起きたことが報道されている生身の恐怖を感じた。私が悪いことをしているわけでもないのに、冷や汗と、油汗が一気に噴き出てきてバクバクと心臓をあおってくる。あの目つき、何も反省していない顔をして連行されている。捕まっているのに、悪びれもしない態度で薄ら笑いさえ浮かべている。

「お母さん。あいつに、原に間違いないよ。わかるでしょ」と言っても、しばらく黙ったまま後ろで立ち尽くしている母親。その表情を、私はあえて見なかった。振り向いて問い詰めることも、フォローすることも必要なかった。あいつに違いないのだから。

「あんた、あれが原さんに見えたのよね？」

「だから、原だって」

「そ、そうなのよね？　たぶん、あれ、原さんよね」と、そう言いながら母親は焼けていた卵焼きをテーブルの上まで持ってきて自分で食べ始めていた。私はそれを見ても何も言わず、プリンを冷蔵庫の中にしまいなおす。無言の母親は、無言でいる私に気づかない。

私もまた、無言でいることの違和感に触れないでいる。

「原さん、林原だったのね。年齢も違ったし」

「それどころじゃないじゃん。連続婦女暴行事件の犯人だよ」

「そうなのよね。本当に。間違って捕まっちゃったってことはないのかしらね」

「ありえない！　お母さんあの林原って奴の姿見て何にも思わなかったの？　犯罪者の顔だよ。絶対自分が悪いなんて思ってない！」

「犯罪者の顔ってどんな顔なのよ！　お母さん……、よくわからないわ」

母親は箸を止めて、頭を抱えていた。こんなに取り乱している母親を見たことがなかった。

「警察が捕まえてくれて、よかったんだよ？　もしお母さんに何かあったりしたら……」

無言でうずくまっている母親。あんな男の為に、あんな男を真剣に思ってしまったばかりに、悲しみ、途方に暮れている。テーブルの上に凹んで倒れかけている空き缶の姿が母親みたいに見えて、あわれに思えてきた。

「……朱美の言う通りだったのかもしれないね。あんた、最初から気持ち悪いだの、全部が嫌だとか言ってたもんね。お母さんだけがいい人に見えていたってことなのかね……」

「お母さん、お母さんが無事でよかったの。これでいいんだよ……」

　私は母親の肩に手を当てて、なだめるようにそっと言葉をかけた。

「朱美の口を借りて、死んだお父さんや、お母さん、ご先祖さんが、やめときっ！　って教えてくれたのかね」

　一瞬、母親の部屋から線香の臭いが漂ってきた気がしたが、私はすぐに天井を仰ぎながら母親に告げた。

「最近そういうこと言わないなって思ってたら、お母さん、何かあったらいつもそんなこと言い出すんだから」

　ご先祖さんたちが母親を守ってくれたのならそれはそれでいいが、私はどうなるんだと思った。そんなことも知らず、何でも良かったことはご先祖さんたちのおかげに引っ付ける母親を、本当にめでたい人だなと思った。でも、母親らしくて、何となくこんな時でも笑ってしまった。母親はご先祖さんたちによって助けられたらしいが、私はセツナさんによって救われた。

　今度は、私がセツナさんの支えになりたい。

「お母さん、ちょっと出かけてくるね。すぐ帰ってくるから」

　私は猫背の母親に優しく声をかけて肩を揉み、ゆっくりと立ち上がった。

「お母さん、よかったね。ご先祖さんたちに間一髪のところで助けられて……」

「本当にそうね。朱美も、ありがとうね」

母親は、滅多に私の顔を見て微笑まないのに、ありがとうと言って笑ってくれた。

私はいつも見ている母親の顔なのに、その笑顔を見て嬉しくなった。

「本当に良かった。お母さんが無事で」

私は、すぐにテレビの方を見てお菓子を食べる、いつもの母親の後ろ姿を見て安心し、二〇三号室をあとにした。リズムよく階段を下りて行き、自転車の前まできて、一歩踏みとどまる。手のひらにある大切な鍵を見つめ、そしてギュッと握った。

――トゥルルル……トゥルルル、

「もしもし！　セツナさん……！」


まさかは、起こりうる。あの男は確かに逮捕された。容疑を否認しているが、捜査の中で、警察がここまでたどり着く可能性はある。母親は取り調べられ、それだけでなく、私も事情聴取されることだって大いにありうる。それでもいい。もう隠さない。もう逃げない。

誰に何を言われようと本当のことを言おう。

自分を見失わないために。

二度目の迷子

二〇二一年六月三十日　初版第一刷発行

著　者　野々宮雨音
発行者　谷村勇輔
発行所　ブイツーソリューション
〒四六六・〇八四八
名古屋市昭和区長戸町四・四〇
電　話　〇五二・七九九・七三九一
FAX　〇五二・七九九・七九八四
発売元　星雲社（共同出版社・流通責任出版社）
〒一一二・〇〇〇五
東京都文京区水道一・三・三〇
電　話　〇三・三八六八・三二七五
FAX　〇三・三八六八・六五八八
印刷所　モリモト印刷

万一、落丁乱丁のある場合は送料当社負担でお取替えいたします。
ブイツーソリューション宛にお送りください。

ISBN978-4-434-28961-3